我是扮演者

不仅是一位优秀的演员,还是一名孜孜不倦的思想者

鲍十 [著]

作家出版社

作者简介

鲍十,作家,原籍黑龙江省,现居广州。

曾出版中短篇小说集《拜庄》《葵花开放的声音——鲍十小说自选集》《生活书:东北平原写生集》《芳草地去来》《纪念》,长篇小说《痴迷》《好运之年》,日文版小说《初恋之路》(盐野米松译,日本讲谈社出版)、《道路母亲·樱桃》(三好理合子译,日本东方出版社出版)等。

中、短篇小说被国内各种选刊所选载,并被收入多种年度选本。短篇小说《冼阿芳的事》入选当代中国文学最新作品排行榜(2012年),短篇小说《积万屯/七里屯》入选花地文学榜(2014年),中篇小说《岛叙事》入选中国小说学会年度小说排行榜(2018年)。

中篇小说《纪念》被改编为电影《我的父亲母亲》(张艺谋执导),电影《樱桃》(张加贝执导)被改编为同名电视连续剧,短篇小说《葵花开放的声音》被改编为同名话剧。

另有《子洲的故事》《葵花开放的声音》《冼阿芳的事》《西关旧事》《秋水故事》《买房记》等小说被译为日文、俄文、英文等发表。

奇怪的梦,或一点说明——

某日午睡，突然做起梦来。梦中有一个人死了。我断定我不认识这个人，然其面貌却又似曾相识。这是一个男人，年龄在 50 岁至 60 岁之间，身材中等略高，稍胖。胖主要体现在脸上。下巴，两腮，都显得比较厚实，掩盖了原来的棱角。他穿戴整齐，一身深蓝色正装（颈上还打了一条藏蓝色带白斜纹的领带），足着黑皮鞋、白袜子，仰面躺在一张大床上，脸色暗黄，泛着幽光，双眼微闭，似在睡觉。接着便见床头柜上有一个塑料药瓶，瓶口开着，瓶盖放于一边。

我在梦里惊讶了一下，问自己：这是怎么回事？

接着又自己告诉自己：哦，这个人服药自杀了。

那么，这个人是谁呢？我仍然在自问……

在梦里，我似乎思考了好久，后来才突然想起来，这是一个演员，我看过他演的电影和电视剧（可能还有话剧）。你瞧，难怪会似曾相识！我对自己说，他不是很牛×的吗？很有名气，也很有钱，名字和照片经常出现在全国大小报纸的娱乐及文化版，前一阵儿还报道他最近又买了一套豪宅，有几百平方米。而且，他一直被称为演员中的思想者，说他善于发掘人物的内心及精神世界，塑造的角色都很成功，被业界和媒体冠以演技派演员的称号，所演的角色都生动、独特、鲜明。尽管我平时较少看电影，电视剧看得也不多，但对他演过的几个人物还是有很深的印象。

后来我醒了，方知这是一个梦。当时，并没太往心里去，也就是说，根本就没在意。无精打采地吸了一支烟，一边有一搭无一搭地想：我怎么会梦见这样一个素无交集的人呢？奇怪哦！过一会儿，有一个朋友打来电话，说晚上要请弟兄姐妹们喝酒，在广州酒家，参加者谁谁。接完这个电话，我就基本上把梦里的事情忘掉了。

不过，令人震惊的是，就在第二天，一上班，我就在刚刚送到的本地报纸的娱乐版上看到了一则消息，标题赫然写着：

影视演员孟千夫昨日在寓所服安眠药自杀

我吓得浑身一激灵，即刻觉得一股冷气直冲头顶。

我感到奇怪，并且恐怖，这会儿，全身上下都冷飕飕的。我问自己：这到底是怎么回事？我百思不得其解。这确实非常奇怪，不是吗？当然，做梦本身倒没什么，人人都会做梦。可是这个梦居然变成了活生生的现实。尤其要指出的是，这还是一个跟我完全彻底、一点儿关系都没有的人，不仅没有见过面，连电话都没有打过，连信件（包括邮件）都没有通过。我实在想不出梦与现实之间，以及我跟孟千夫之间，有什么必然的联系。

对，它们之间没有联系！我这样安慰自己。

然而，过了不到一周的时间，又发生了另一件蹊跷的事：我居然收到了这个人（即孟千夫）寄给我的一个挂号邮件。那是一个大号的牛皮纸信封，里面装着一个书本样的东西。

这就不仅让人感到奇怪，而且让人感到震惊了。

挂号信寄到了我当年工作的单位。按我平时的习惯,我没有直接拆开信封,而是首先瞄了瞄信封上的信息(看了一下寄信人的地址、邮编等)。我立刻就发现,这个邮件没写寄信地址。在寄信人地址的位置上,写着"地址内详"四个字,以及一个邮政编码——从前两个数字看,这个邮件来自京城。

我一时有点儿犯嘀咕。

在那短短的时间里,我迅速想到了这样几个问题:第一,他(她)为啥不在信封上写下自己的地址?或果如所言,地址内详,或者根本就没有所谓的"内详",那又为何?是不想写还是不便写?第二,现在人们都习惯用快递的方式邮寄物品,他(她)为啥还用这种老派的做法?是因为没有我的手机号码吗,还是有其他缘故?或者就是他(她)喜欢这样做?第三,从他(她)知道我当时单位的地址这一点来看,此人对我一定是有所了解的,或许还知道我是做什么工作的,只是很久没有联系了……

那么,他或者她,会是谁呢?

因为以上缘故,我当时还犹豫了一下:这个邮件要不要拆?

当然,我最终还是拆开了这个邮件(人人都有好奇心,我自然也不例外)——否则就没有这个故事了。

待我把信封拆开,发现里面装着一个棕色的塑料封皮的笔记本,很厚,16开大小(一本杂志那么大)。

望着这个普通又不普通的笔记本的棕色封面,我的感觉更复杂了。

一是我愈发地觉得神秘，想：谁会寄我这样一个笔记本？里面写了些什么东西？是文稿？是日记？或是其他什么我想不出来的东西？他（她）为什么偏偏要寄给我？这是一个什么人？他（她）又是怎样知道我单位的地址的？

继而，心里又生出了一点儿隐隐的恐惧，担心会不会把自己牵扯到什么不好的事情（诈骗、传销组织、走私、骗贷、非法集资、造假、贩毒吸毒、色情服务，等等）里面去，因此危及我（包括家人）的名声甚至人身安全？

犹豫了至少几分钟，我最终将心一横，轻轻地、轻轻地翻开了笔记本的封面。

在扉页上，我首先看到了5个字：

扮演者手记

字是竖着写的，就是从上到下，居于整页纸的中间，貌似写得很用力，字也写得很工整，每个字都比较大，字与字之间小有间隔。

下边，具体说是在右下角的位置，横着写了一个人名：

孟千夫

与上面那5个字相比，这几个字就显得潦草了，龙飞凤舞的，当然也很熟练，仿佛一宗花式签名，甚至很难辨认。

接着，我又看见一张写了字的便笺，用一枚回形针夹在封面的背后，白纸黑字，感觉纸还很新，想必是最近写的，字迹相当工整，不过既无抬头，也无落款。联想起我做的那个梦，我小心地取下回形针，狐疑着将便笺拈了起来……

上面写道：

近几年，有人开始在各种媒体上说我是表演艺术家，我感觉我承受不起。我仅仅是一个扮演者！对，我只是一个扮演者！我一直就是这样定义自己的。我不是在这儿瞎谦虚，这才是我的真实写照。

再说一遍：我是一个扮演者！

自入行以来，我曾先后扮演过古代的帝王将相、灾民和饥民、起义军战士，民国政府的军官和士兵、大资本家、乡绅地主、普通百姓，革命部队的指战员，新中国成立后的工人、农民、知识分子、高官和普通干部、公安干警、"右派"、贪污腐败分子、黑社会成员、个体户、新富豪、企业家、教师（含乡村教师）、厨师、小偷、杀人凶手、打工者、保安、司机、下岗工人、作家、记者、编辑、文学评论家、毒贩子、强奸犯、嫖客、慈善家、社会闲散人员……总之各色人等。把我扮演过的角色串连起来，差不多就是一部五花八门的中国历史（这样说可能不太准确，所以我说"差不多"）。

这个本子是我多年演艺生涯的记录，所有文字都是本人亲写。内容包括角色分析、角色设计、与角色相关的故事、时代背景等，还有一些我个人在拍片期间发生的故事，包括情感故事。

一位我所信赖的朋友向我推荐了您。首先，我认可您的人格（听说贵圈也有很多唯利是图、思想贫乏、人格矮化、蝇营狗苟、精神下作的垃圾人——这样说应不为过）。现在，我把这个本子寄给您，如收到，可任意使用，研究也好，考证也罢，公之于众也没关系，总之只要您认为有益（对社会有益，对艺术有益，对更多人有益），就都可以做。这是我特别给予您的授权。

这段话，对我产生了极大的吸引力。就是说，我感觉非常非常地好奇，而且产生一点儿小小的兴奋，继而又有一丝怀疑。但是，若果真如他所说，这个笔记岂不是很有价值？会有史料般的价值，也会有研究价值，会让人们看到——起码可以部分地看到——中国上下五千年都发生了哪些大事，哪些小事，哪些好事，哪些坏事，哪些丑事，哪些奇怪的事，哪些好玩的事，哪些痛苦的事，哪些高尚的事，哪些卑劣的事，哪些荒唐、荒诞的事，哪些不可思议的事，哪些伤天害理的事，哪些遭人痛骂的事，哪些大言不惭、欺世盗名的事，哪些执迷不悟的事……

另外，或许还可以从这里窥探到一个电影明星的一些不为人知的个人生活（或者说私生活）。我这样暗暗地想。当然，我知道我的想法有点儿低级趣味，也说不出口，可我确实这样想了。

那以后，我花了几天的时间，仔细读了笔记本里的所有文字，一边读，一边思考。在阅读过程中，也萌生了很多的想法。首先我要说，作为演员的孟千夫，果然很不一般呢。在做演员这一行上，他无疑是个有心人，同时也是一个有思考、有想法、有追求的人。他确实花费了很多很多的精力和时间，来琢磨和分析他所扮演的角色。大概也正因为如此，他才能把他所扮演的人物演绎得那么贴切、那么生动、那么地像模像样吧？才会受到业界和观众广泛的欢迎和认可吧？

值得一提的是，在这本厚厚的笔记中，他参演过的影片皆有记录，哪怕他只扮演了一个小角色、一个配角，有的只有几句台词，有的干脆就是"路人甲"——我一边读这些笔记，一边也等于跟随他重温了一遍当年那些轰动一时的电影（用今天的眼光看，那已经算是老片子了）。不过说实话，有些片子我当年并没有看过，我仅仅看过其中在当时反响较大、口碑也较好的三五部而已。当然，这已经足够给人留下深刻的印象了。

重温的过程，亦生发出颇多的感慨。

顺便说一下：大概由于他（即孟千夫）在记这些笔记时，心情和环境等均有所不同的缘故，他的字迹也有比较大的差异，时而很工整，时而很潦草，还有一些不完整之处，有不完整的句子，也有不完整的段落，有一些则明显没有写完。考虑到其中所包含的可供借鉴的价值及启示性的意义，我决定选择部分内容，予以发表。并且，为维持原貌，除明显的错别字外，均不予改动。

我的处女作。虽然只扮演了一个配角,我还是很高兴——

1983 年 3 月 27 号

之所以标明这个日期，说明这一天对我很重要（确实很重要）。

今天，有人给我打了一个电话，电话打到了学院收发室。收发室的人后来说，他们通过广播"呼"了我，可我没有听到。幸好他们留下了对方的电话号码，并且写在了挂在收发室外面的小黑板上（这是学院规矩，其实不存在幸好不幸好）。我大概有所预感吧，所以第一时间就把电话打回去了。

接电话的是个女人，嗓音柔柔的，又很清脆，很好听。她说，这里是"×影"（编者注：某电影制片厂的简称），你有什么事？我说我是某某学院的某某，你们有人用这个号码给我打过电话。她"哦"了一声，然后告诉我，电话就是她打的。他们正在筹拍一部新电影，想让我在里面扮演一个角色，还说他们曾经来学院看过我们的小品作业，觉得我跟人物的年龄、气质都很合，问我愿不愿意。我马上就回答愿意、愿意，哪能不愿意呢？她说那你明天过来一下吧，跟导演见见面，顺便把剧本拿回去看一看。

我高兴得好像心都不跳了。

如果事情顺利，这将是我第一次登上大银幕。

同时，我也是我们表演系这一届新生中第一个登上大银幕的人（本人于 1980 年光荣入学）。

说句心里话，自从入学以来，包括在入学之前，我就在梦寐以求这一天。说起来，我可是自小就喜欢看电影的，自小就对电影里面的"人和事情"有一种特别的感觉，觉得那是另外一个世界，那个世界非常美（甚至不能用一个"美"字来形容），因此非常迷人（非常非常迷人），每当看过一个电影，我在很长一段时间内都会沉浸其中，而且自小就对电影演员们又羡慕又崇拜，觉得他们好神奇、好厉害。考入学院后又看了更多的电影（我们有观摩课），也看到了更多的明星：马丁·白兰度、格利高里·派克、高仓健、赵丹、鲍方、于洋、孙道临、王心刚，一个个都那么潇洒、帅气，不同凡响。

我真的是梦寐以求啊！

接昨天

今天我去×影厂拿剧本，同时见到了导演。导演四十多岁，名字我以前就知道的，只是没有见过面，我也没看过他执导的电影。见面是在导演的工作室，面积挺大的，感觉很空旷，有一张长沙发，还有一张写字台和一把椅子，写字台上有一部电话，除此好像再没什么东西了（当然，我也没有仔细看）。导演没跟我说上几句话，也没让我坐，倒是跟我轻轻地握了下手。这期间，导演一直在那儿打电话，时而哇啦哇啦，时而嘀嘀咕咕，半个屁股搭在写字台上，很"嚣张"的样子。后来，在前一个电话和后一个电话的空当儿，他才腾出时间跟我说了三句话：一句是"厂领导对这个本子评价很高……"，第二句是"抓剧本一定要看准大形势……",第三句是"你回去先瞭瞭剧本吧,有事儿我让剧务跟你联系……"。老实说,我对他说的第二句话很不感冒,由此可以看出此人的艺术素养,一听就是个投机取巧没头脑的(不得不说,这样的导演不少)。

好了,不说这些没用的了,因为说了也没用嘛。

不管怎么说,是他给了我这次机会,我还是要真心地感谢他。

在回学院的路上(我转了好几路公交才回到学院),我就把剧本大致给翻完了。

果然不出我所料,没有什么新鲜东西。当然这只是我个人的看法,不一定正确,可能还会有人说,你一个小屁孩儿,懂得个什么呀?当然了,要说它完全不行,特别特别烂,那也不尽然。有一些小的地方,也就是细节方面,还是挺有"彩儿"的。它最大的问题是故事本身:雷同!主要是雷同!无非就是"拨乱反正"啊、告别过去面向未来啊、反思啊、领导干部的高风亮节啊。尤其最近这段时间,类似的片子太多了,总之一句话,不独特!这几年的片子(尤其这一二年来),基本都是这个主题,已经把人看得反胃、令人作呕了。

而这次的这个故事,也就是我要参演的这个片子,主要写了一个省部级的老领导,在之前的运动中受到冲击,还被关进了"牛棚",后来落实政策,重新走上了领导岗位。在他被关进"牛棚"的时候,他的一个儿子跟社会上的"坏人"搅到了一块儿,于是也成了"坏人",抽烟、喝酒、打架、偷窃、诈骗、抢劫、跟"女流氓"鬼混，最后在一次斗殴中致人重伤，负案在逃。不过这些都没正面表现，只是在对话里面简单交代了一下。因为片子的重点是要塑造老干部的形象，所以整部电影都以老干部为主线，其他的都是陪衬，包括他的儿子，另外还有几位他从前的战友、同事、老上级、老下级等等。

故事是从老干部从"牛棚"回来开始的。老干部一头白发，气宇轩昂，神情刚毅，话语铿锵（这就有些概念化了）。在回来的路上，或乘车、或坐船、或走路，就开始调查研究，向所接触到的人了解生产和生活情况，时时心潮澎湃，对目前的状况痛心疾首，甚至暗暗地垂泪、悄悄地拭泪（怕被群众识破了身份）。到家后的第一件事，是坐下来给上级领导写一份思想汇报，痛陈自己所见所闻所思所想，大声疾呼"拨乱反正"，解放思想，一心向前看。这期间，还有他站在因被迫害而致死的妻子的遗像前边静立默哀的画面，他双手颤抖，满心悲愤，思绪万千。

之后过了几天，在一个月黑风高的晚上，老干部的儿子突然悄悄地回到了家（也就是我所扮演的这个角色）。儿子数日东躲西藏，风餐露宿，半饥半饱，衣衫褴褛，蓬头垢面，一到家就跑到厨房找吃的。(这个细节好！) 他狼吞虎咽，逮着什么吃什么，由于太慌张，一个不小心，把一只饭碗碰到了地上。饭碗的碎裂声惊醒了已经睡下的老干部。老干部来到厨房，看到目瞪口呆的儿子，一时百感交集（他已知道了儿子的事情），爱，怜，歉疚，痛心，不一而足。儿子的表现也很复杂，有惊慌，有害怕，有欣喜，有伤心。

接下来，父子开始谈话。开始时，两人还算平静，说了几句家常话，主要是老干部，询问了一下儿子最近的情况，表现出一个父亲的慈爱，不过很快就进入了正题，他要送儿子去投案自首，马上就去。儿子越听越紧张，而且越来越气愤，同时越来越委屈，声泪俱下地"控诉"父亲，控诉父亲冷血，对自己的儿子都不关心，一心只想着工作等等。老干部心情复杂，内心也特别痛苦（这样的戏很不好演，弄不好就会很假）。但他仍然坚持自己的主张，于是父子俩爆发了激烈的冲突——当然结果就不用说了：儿子终于被老干部苦口婆心、循循善诱地说服了，最后乖乖地去投了案……

因为主角是那个老干部，涉及儿子的戏并不多，我的重头戏只有这一场。

6月29号

影片已经开拍两个多月，我的主要戏份已经基本完成了，不过在接下来要拍的几个群众场面里，还有我的镜头，所以还要在剧组待些日子，至少还要三四天吧，我可能才会离开外景地返回京城（外景地在辽宁省沈阳市），现在看，拍摄过程总体上还是顺利的，当然也发生了一些琐碎事，有好的也有不好的，基本都不值得记，另外也会涉及一些人的隐私，主要还是跟我记笔记的初衷不搭界，所以就不记了。

另外,在进入剧组之前(俗称"进组"),学院已准了我的假。并且在临行前,我们表演系的系主任还亲自"召见"了我(感觉还是比较重视的),嘱咐我抓住这次机会,多向导演和其他演员学习,并教我怎样与其他人友好相处,归纳起来即是:谦虚谨慎、吃苦耐劳、少言多思。不用说,这是一位令人信赖的好老师!

回顾拍摄的过程,我也遇到了一些问题,主要是"理解人物"的问题。

根据我们学习到的有关表演方面的理论,演员在扮演一个人物时,必须充分地、最大限度地去理解他(或她),然后变成他(或她)。我也试图这样做。而且,从理性的层面看,我所扮演的这个人物似乎是不难理解的。可是,理解归理解,在扮演这个人物的过程中,我心里始终觉得很"隔",感觉在我和他之间夹了一层东西,有一层"膜"。也就是说,我并没有真正地"变"成他。

究其原因,这可能是我们之间的种种差异造成的,比如身份上的差异。想想看,我本人出生寒微(我老爸是一名中学语文老师,老妈是一名小学老师),而"他",则出身高贵。"他"的爸爸妈妈,都是高级干部。用时兴的话说,他的家庭,就是那种传说中的既有权又有势的"高干家庭",是不折不扣的"特权阶层"。而"他"则是"高干子女"。尽管"他"的父母遭到了打击,经历了磨难,挨了整,但那也是他们内部的事。而在挨整之前,他们的生活环境、吃穿住行,一定都比我好,好到不可想象、无法想象。最最起码,"他"上的幼儿园,就必定是全市最好的幼儿园,是那种公办的叫作某某机关幼儿园;"他"上的小学,也一定是全市最好的小学(位置最好,环境最好,校舍最好,设施最好,教学质量最好,总之,都是最好)……

我还了解到:一旦到了"他"爸爸的那个级别,就要配备专车以及专门的守卫和专门的炊事员了。你瞧瞧!

也就是说,由于上述原因(当然还有其他原因,比如内心的某种抵触情绪等),让我一直觉得,我根本无法理解"他",因此,我的表演也极不成功,人物的完成度相当差(虽然我已经很努力了)。这也让我对自己一度非常失望。所以,有人说,表演本就是一种遗憾的艺术。这也使我意识到,要想成为一个好演员、一个优秀的演员,我可能还有好远好远的路要走,还有好多好多事情要做,我还要读更多的书,思考更多的问题。

无疑,只有读书和思考,才能使人变得丰富,更丰富!

小 结

一件事情做完了,一定要总结一下(这是我爸爸以前对我说过的话)。

何况这么大一件事情。

记得我爸当时还说:"你要回头想想,有哪些是做得好的,哪些是做得不太好的,还要想想自己有哪些收获,得到了什么经验和启发,有哪些方面是今后一定要注意的。有些错儿,犯一次情有可原,屡错屡犯就不可救药了,除非你是成心的。"

我觉得,作为千千万万名中学语文教师中的一员,我爸还是很有头脑的。他是个爱读书的人,最爱读小说。《水浒传》、《红楼梦》、《三国演义》、《老残游记》、《儒林外史》、《聊斋志异》、《孽海花》、《家》、《春》、《秋》、《红岩》、《三家巷》、《林海雪原》、《上海的早晨》,还有挺多苏俄小说,《母亲》、《毁灭》、《安娜·卡列尼娜》、《静静的顿河》、《波尼伍尔的心》、《苦难的历程》、《卓娅和舒拉的故事》、《茹尔宾一家》、《钢铁是怎样炼成的》,还有不多几本美国小说《哈克·费恩历险记》、《战地春梦》(即《永别了,武器》)、《海狼》、《马丁·伊登》……当然,我也借了他的光。

这些书,有的是我爸从县图书馆借来的,有的是他自己掏钱在新华书店买的。因为买书,还跟妈妈吵过几次架,开始的时候吵得很凶,妈妈还痛哭流涕,后来爸爸就不吭声儿了,老老实实地坐在那儿,护着他的书(怕妈妈一怒之下给撕了,妈妈曾经说过"信不信我给你撕了"这样的狠话),等着妈妈消气儿。其实,那时候的书是挺便宜的,有的才几毛钱,贵一点儿的也就一两块钱。不过当时工资低一些,爸爸妈妈的加一起,好像还不到一百块钱。

在我眼里,我爸这半生,其实活得挺憋屈,不敞亮。不光在家里,在其他方面,在他教课的学校,也是这样的。家里的事情还简单,顶多就是"胡花"了一些钱,毕竟爸爸和妈妈是相爱的夫妻（在我看来，他们确实是相爱的）。在外面就不同了。据他自己说，在他刚参加工作那会儿，就曾经因为什么事而挨过批，还差点儿给开除了。好在他一直奉行息事宁人的做法，把委屈和倔强埋在心里。另外他教课教得好，生动风趣不枯燥，在教室里走来走去的，偶尔还讲一点儿他看过的小说，包括作家的生平和轶事（曹雪芹的、萧红的、杰克·伦敦的、海明威的等等），学生们比较喜欢他。

说到这次拍片的经历，我自认为表现还是可以的。这是我第一次拍电影、第一次在镜头前面表演、第一次在剧组里生活、第一次这么长时间住在宾馆里，所以处处都好奇，处处都小心，虚心学习，除了必要的交流，从不乱说话，也很少跟其他人凑在一块儿聊天（除了秦老），这倒不是我装，本来我就是个喜欢自个儿想事儿的人。我每天都能保证按时起床，吃完早餐后等着补妆，晚上有空儿就翻剧本、背台词，琢磨某句话该怎么说、要用多大声音说效果才好，感觉哪句话不顺溜了就去跟导演商量，睡觉前再看几页小说，同时热心帮每个人做事，包括帮场工做事，帮忙搬一搬器材什么的。

要说收获，这次最大的收获，可能就是认识了秦老（即老干部的扮演者。编者注）。

秦老名叫秦××，因为他是剧组中年龄最大的，所以都叫他秦老。

秦老的老本行是演话剧，以前也拍过几部电影，却没演过男一号，演过两次男二号，还演过几次男三号。话剧倒是演了不老少,而且多数是男主角,在他老家的那个话剧团(他称之为"省话")是个妥妥的台柱子。因为演话剧演多了,说话总是字正腔圆,吐字清晰,绝无半点儿含糊,嗓门也高,有一点儿沙哑。外形也好,身材高大,稍显清瘦,脸形方正,略宽,头发已白了一多半,黑白夹杂,发质粗乱。我听副导演说,这次之所以选他来饰演这位老干部,主要是觉得他跟这个人物贴,外形贴,气质也贴——工农出身,不土不洋。

有一点必须得说的是:老先生在现场拍戏的时候态度十分严肃认真,十分专注。这让所有人都肃然起敬。

不过,秦老虽然在拍戏的时候很严肃,平时还是很好相处的,和蔼可亲,不拘小节,嘻嘻哈哈,幽默风趣,爱喝小酒(他自己带来的酒,晚上在房间里喝),爱讲段子,讲他亲见或听到的一些奇闻和趣闻。这些话,有的是当众讲的,有的是对我一个人讲的——有好几次,都是他打电话到我的房间,让我过去陪他聊天,他会说:"小孟有空儿吗?过来闲扯几句?"然后就一边有滋有味地喝酒,一边跟我聊天,但他从不多喝,每晚只喝二两。由此我也感觉到,他可能对我印象不赖(或很好)。有一次,他还提出要给我介绍女朋友,见我没有搭茬儿,以后就不提了。

不同之处在于,在跟我一个人聊天时,他会讲一些比较严肃的问题,对社会和艺术的看法、艺人的原则和底线等等(我觉得,他讲的都挺靠谱)。除了这些,他还讲过一些他本人和家里的事,讲他曾经在农场下放过,在那里喂过猪,放过马,劈过柴、打过草、烧过荒、积过肥、种过大田，因为身体壮实，还宰过牛。讲他的大女儿做了插队知青，不听话，坚决要跟当地一个光棍汉结婚，就结了，又离了，最后患上了精神分裂症……唉！

他还跟我讲过一些其他的事情：同事间的相互揭发呀（包括夫妻、兄弟和朋友之间），破"四旧"立"四新"呀，办学习班呀，"忆苦思甜"呀，千人齐唱《东方红》和《大海航行靠舵手》呀。很多很多。

总之，我确实觉得我在秦老身上学到了很多的东西，也了解到了许多我以前一知半解的事，这些都对我有很大的帮助。有关秦老的一切，将来我会慢慢地体会，慢慢地思考。

说实话，对他们老一辈的人，我一直都是挺尊重的。包括学院的老师们，也包括我爸和我妈。内心深处，我是从来不曾也不敢轻薄和轻视他们的。而且在我看来，他们那一辈的人，都过得很辛苦、很艰难。究其原因，大概在于他们不巧遭遇了我国历史上最动荡、最混乱、最不好过的一个时代。往远一点儿说有军阀混战，往近一点儿说有日军侵华，其他的还有匪患横行、白色恐怖、时代的更迭等等，还有后来的种种。能够活下来都算是幸运的。完全可以说，他们所经历的那些事，绝对是我们这一辈人从未经历过，将来也未必会经历的事。

不过，客观地说，人和人也是不一样的，其中大多数的人，可能都是随大流的，别人说啥就是啥。但也一定不乏有心之人，他们有头脑也擅思考，会把经历升华为经验，升华为人生的智慧。

就说秦老吧，虽然他不是大牌演员，没有那么大的名气，但他却有头脑也有智慧，对事物有自己的见解和看法，有操守，性情达观，也有自己的追求，这些都是值得我好好学习的地方。

好啦，就写这么多。

补 记

不久片子就上映了。不出我的预料，反响平平，观众也不多。我仍然坚持认为是那个原因造成的：这段时间，相同题材的片子太多了！

我真的是搞不懂了，我们中国搞文艺的人，为什么都那么喜欢"扎堆"？甚至包括那些写小说的作家，只要有一篇小说打响了，很快就会出来一大堆类似的小说，非要弄得大家都倒了胃口才罢休。

但出乎我的意料的是（大大地出乎了我的意料），我的表演居然获得了好评。而且很多人都这么说。这包括学院的老师和同学们——因为我的缘故，学院包了一个专场——大家都说，我的表演相当成功。在看完电影的座谈会上，几位老师（还有几位同学）在发言时都说，我的表演很放松，对人物的把握，包括心理层次上的把握，也比较准确，在处理人物情感和情绪的转化时，也特别自然。包括一些报纸的娱乐版和电影杂志,也提到了我。一本很有名气的电影刊物还在一篇文章中说:我的表演颇有体验派的风格。

听到这些话,我当然高兴!

这段时间,我有点儿晕乎。

但是,我会清醒过来的!

这是我扮演的第一个角色。以后我还会扮演更多的角色,我会扮演得更好,我坚信!

听我爸妈说,小时候,我是个比较安静的孩子,蔫头蔫脑的,经常自个儿在那儿胡思乱想,也喜欢看书。他们还以为,将来我也许会搞搞科研什么的,要么就当个记者或作家,或者当个秘书,写写材料,或者像他们一样,也当个老师。压根儿就没想到我会当演员。爱看书的习惯我现在还有,说不上为什么,我就是喜欢看书,而且什么书都看。中国小说、外国小说、历史小说、名人传记、古典文学,对一些哲学方面的书我也感兴趣,不过看起来比较吃力,因此看得不多……当然,这是题外话了。

哦,对了,这部电影名叫《暴风雨后的彩虹》。

扮演这个人物,我的良心很不安——

××年6月12日

我接了一个新电影，名叫《帝国轶事》。今天，我的戏份儿刚刚杀青。这是一部古装戏，没标明什么朝代。从内容上看，好像是晋代的（感觉也有点儿像明代）。纵观中国历史，除了少数的几个时期（南北朝和五代十国时期等），大多数的时间，都是一个王朝统治天下，区别仅在于皇帝的姓氏不同。就像古话儿说的："皇帝轮流坐，明年到我家。"甚至连机构的设置和官员的名称，都大同小异——宰相（或丞相）、尚书（大概相当于部长吧）、太守、都督、巡抚；吏部、刑部、兵部、工部、礼部、户部；知府、知州、知县（相当于县长）；一品、二品、三品、四品、五品、六品、七品、八品、九品；省级、部级、厅级、司级、县级、处级、局级、科级、股级……

几千年就这么过来了。

这次我扮演了一个皇帝，一个年轻气盛的皇帝，年纪跟我差不多。此人没名没姓，人物表上只印着"皇帝"二字，人们称他为"圣上"，他则自称为"寡人"或"朕"。这是一个刚刚继位的皇帝，风华正茂，却盛气凌人。可怕的是，他还刚愎自用，喜怒无常，心胸狭隘。尤其对朝中老臣，更是一千个、一万个看不惯，认为他们迂腐。每天一上朝，他就坐在高高的龙椅上，跟他们斗智斗勇，玩猫和老鼠的游戏。戏弄他们，挖苦他们，让他们做一些有失脸面的事、丢人的事。比方说，他会弄一些腐烂变质的饭菜或水果，赏赐给他们吃。他看着他们愁眉苦脸又假装高兴的样子，还要大声问："众位爱卿，朕赏赐给你们的东西好吃吗？"他们则必定回答："谢圣上隆恩！"有时候，他还装作没听清，会让他们高声重复一遍。这时，他会放声大笑。

他还让他们在朝堂上互相揭短。不过不是大短，只是些小短，生活中的短，偷鸡摸狗之类。包括：何时喝醉过酒，有没有失态？年少时有没有偷过邻居家的东西？有没有偷窥过女孩子洗澡？有没有扒过儿媳妇的灰？而这些大臣，最初还比较矜持，支支吾吾的，试图搪塞过去。可最终还是架不住皇帝的威逼利诱，当真互揭起来。其中有些特别机灵的，看透了皇帝的心思，还无中生有，胡乱编派一些糗事，栽在某个同僚的头上。当事者不乏一些六七十岁的老臣，平时皆道貌岸然的，且早已儿孙满堂，却也要跟着玩这种把戏，动不动就被弄得面红耳赤，说不上有多尴尬。有时候，因为某一件事或某一个说法确实令人难以接受，还会引发激烈的争吵，严重的，竟至于当堂动手，相互撕扯起来，你拳我脚，气喘吁吁，弄得官帽满地滚，官靴四处飞，手脸被抓出了一道道血痕，衣服也扯破了，甚至有人被打掉了牙齿……及至闹得实在不可开交时，皇帝才会大喊一声，喝令停止，然后对某些人当堂进行惩罚：

"吴爱卿，你老而无德，杖责二十，退堂思过……"

"朱爱卿，你年少轻浮，向吴爱卿赔罪，杖责三十……"

为了对付或者说整治大臣，皇帝还在每个大臣家里安插了卧底，就是人们现在常说的密探。那些侍卫啊，门房啊，院工啊，花工啊，厨子啊，轿夫啊，侍女啊，丫鬟啊，乳娘啊，说不定哪一个，就是他派去的卧底。这些人会定期或不定期地将大臣们的言行举止向他报告，事无巨细，甚至包括日常的神态和表情，比方，在谈到皇帝和朝政时是否带有嘲讽的意思，是否表现出了怨恨、恼怒、不敬、无奈等等情绪。过一段时间，他便根据他们报告的情况，开始对大臣进行严厉打击。与前期的胡闹相比，这是一次真正的打击，是真刀真枪的打击，充满了血腥。——他端坐堂上，面色阴沉，神情亢奋，眼睛半睁半闭地看着一个摊开的"账本"，不时点出一个大臣的名字，列举种种"罪状"，之后轻声轻气地说："给我拉出去，斩首吧……"根本不容分辩。这样，一个个大臣，刚才还有模有样儿地站在那儿，转眼间就变成了尸体。

被他杀掉的大臣，基本都是文臣（武臣不多），有的还是几朝元老，他们都是通过科举上来的，状元、榜眼、探花，有的还写了很多文章，诗词歌赋，样样精通。皇帝之所以想方设法地要除掉他们，原因有这样几个：一是要除掉异己，培植自己的亲信；二来是这些人在先皇确立太子时曾经说过对他不利的话；第三是要杀鸡儆猴，要让大臣们从今以后乖乖地做自己的奴才；第四是他骨子里根本瞧不起这些文人学士，认为他们只会胡说八道、碍手碍脚；第五……（编者注：此处留下了大约两个字的空白。）被杀掉的大臣中有个名叫王忠的，可以算作这些人中的一个代表。此人是三朝元老，是前朝以及当朝的宰相，且两朝先帝都很看重他，前朝皇帝驾崩时，他还是顾命大臣之一。另外，他还是个才子，年轻时就名声远扬了，他的诗赋家喻户晓，尽人皆知，在酒肆茶楼，常常会有人诵读。按剧本上的描写，他身材瘦小，面目清奇，长髯过胸，精神矍铄，而且竟敢当堂跟皇帝争辩。因此嘛，他也就成了第一个被杀的人……

（顺便说一下：在好奇心的驱使下，我专门查阅了《中国通史》和《中国文学史》，都没发现有这么一个人物。显然，这是编剧虚构的一个人物。）

在皇帝大开杀戒之后，大臣们立刻吓破了胆儿，有些人此前可能没意识到后果会如此严重，还抱有幻想，还在那儿察言观色，假如皇帝不"发威"，他们或许还会跟他周旋一番，这样就可以混得一个"直言敢谏"的好名声，不仅没什么损失，也许还会受到重用，何乐而不为？可一看皇帝发了威，他们马上就变了，变得非常迅速，迅雷不及掩耳呀！不过，每个人的表现则各不相同：有的刚说了半句话，在说到后半句时，意思就改了；有的竟当场就开始声讨王忠等人的罪行；有的还声泪俱下，说自己受了王忠的蒙骗，现在十分后悔（肠子都悔青了）；有的拿出了王忠以前刊印的诗集，指认哪首哪首心怀异志，内藏反意，还唾沫横飞，强拉硬扯，牵强附会，无中生有，添油加醋，硬能把白的说成黑的，以此证明自己的"忠心"，听了非常好笑。可悲（也很可笑）的是，尽管他们这样出尔反尔，置信义与尊严于不顾，却并没有逃脱悲剧的命运，一个一个地，也都被斩首了。

影片里皇帝（也就是我）满脸鄙视地说："你瞧瞧，你瞧瞧！你们可都是些文人雅士啊！从前，朕还觉得你们一个个都挺仗义、挺有骨气的，平常一说话就忠啊义啊，好像天底下就你们最知道廉耻，也最讲究信义，还说自个儿是天下的良心。可看看你们今天的样子，朕都替你们脸红了。这一到了关键的时候，你们怎么就啥都不顾了呢？不顾廉耻，也不顾信义了。照我看，你们就是太聪明了，一个比一个聪明，可惜没用到正经地方……像你们这等小人，留着还有何用？"然后就用一根手指，轻轻地指点着几个大臣，"来人哪！把他，他，还有他……都给我拉出去，斩首吧！"

在影片里，这个日子被称为屠杀日。一天当中，就有十几位大臣被处斩。在这一天的拍摄过程中，我似乎一直在说这样的台词："给我拉出去，斩首吧！"

我明明白白，我这是在演戏，可我心里还是很不舒服，特别特别地不舒服。我觉得这是在犯罪。不是这个皇帝在犯罪，是我在犯罪。我不是特别清楚，在我们国家的历史上，有多少这样的皇帝？或者有没有一个如此混账的皇帝？我个人对此表示怀疑。当然，我知道历史上有过一些暴君，也有一些是荒淫无度的，其中名声最大的可能是隋炀帝，还有那个晋惠帝司马衷。另有一个汉灵帝，竟然下令后宫所有女子尽穿开裆裤（为了便行男女之事，不论何时何处，甚至在园中游玩时，只要来了兴致，便可即刻临幸）。同样是这位汉灵帝，还堂而皇之地开了一家"卖官店"，明码标价地公开卖官，还将卖官的行为制度化了，且一卖就卖了整七年(这个有据可查)。

而最最出格的，大概莫过于南北朝期间的刘宋朝。我曾经读过一篇研究历史的文章，说那刘宋朝的好几位皇帝，其实就是精神病。说当中有个皇帝刘子业(前废帝)，竟然把自己的几个叔叔当猪养，专门给他们配备了猪笼和猪食槽，每次吃饭，就把饭菜放进猪食槽里，让他们用嘴去拱。还有一个宋明帝(名叫刘彧)，篡位后竟然一口气把前帝的28个儿子全杀掉了，而且是在一个月内完成的，差不多平均一天就杀一个，因此创造了一项历史纪录。杀自己的亲人如此，杀大臣就更不在话下了，前朝所有的重臣，几乎全部被他杀光了。书载他一天晚上做梦，听人说了一句话"豫州太守谋反"，第二天，立刻就派手下赶到豫州，把这个太守连同全家，包括下人，都给杀了。

我曾一度很不解，就这样的一些人，他们怎么配当一国之君？又怎么管理一个国家？

我还想到，在这样的皇帝的统治下，老百姓的日子要怎样过？

照导演的说法，这并不是一部写实风格的电影，不是那种历史正剧，不是专写某朝某代某个皇帝的，而是编剧杂取种种塑造的形象；还有那些大臣，也没一个真实的，全都是杜撰的。你就当这是一个寓言吧。

最后，导演轻轻地挥了下手说："知道什么叫寓言吗？不一定是真的，但也不一定是假的哦……"

这个电影的结局，是发生了一场宫廷政变，皇帝的弟弟推翻了哥哥，当了新皇帝。这位新皇帝随即就派人给旧皇帝送来了一壶毒酒，因旧皇帝死活不肯喝，便上来两人架住了他的胳膊，另有一人捏住他的鼻子，生生给他灌进了嘴里。旧皇帝出于本能挣扎了几下，随即又哼唧了两声，还打了一个悠长的嗝儿，最后才脑袋一歪，一点点、一点点地瘫倒在地上（就像一根煮熟的面条一样）……

这部电影有个开放性的结尾，它没有交代新皇帝是个好人还是个坏人，也没交代帝国从此走上了康庄大路呢，还是又开始了新一轮的屠杀……唉，一切尽在不言中，你就自个儿去想吧。

再说一遍：扮演这个人物我心里很不舒服。可我是个演员哪，什么样的角色我都要演，好人要演，坏人也要演。

顺便说一句，拍最后一场戏的那一天，刚好是我的生日。

编者考证（1）——

说来遗憾，以上两部电影，即《暴风雨后的彩虹》和《帝国轶事》，作为这部笔记的编者，我当年却不曾去看过。不过，在读了孟千夫的笔记后，我倒是对这两部片子产生了某种兴趣。当然，若想重看影片似乎不大可能了，起码是比较麻烦吧，需要到电影资料馆去查，或者去淘碟，还未必能淘到。后来我还试着在"大当网"搜索了一下，可惜也没搜到，想想也就罢了。

后来，我去了图书馆，在过期报刊阅览室，查阅了当年几份特别火爆的电影杂志以及一些娱乐小报，看到了有关这两部电影的几则报道，包括几张剧照和电影海报。报道都不甚长，尤其是第一部影片，只说了××制片厂拍摄了新影片，导演是谁、编剧是谁、主演是谁，讲了一个什么故事等等，另外还有几句赞扬和吹捧的话。倒是对孟千夫，报道的内容还相对多一些。在这些报道中（尤其是第一部），主要都集中在了对他表演的评价上，认为他的表演很放松、很自然，有体验派的风格（就像他自己在手记里所写的那样）。有一篇报道是这样写的："初登银幕的青年演员孟千夫在剧中饰演了一个高干子弟，因父亲遭到迫害而险些成为失足青年，其表演放松自然，有体验派风格。"

在那些剧照和海报上，也都有他的照片，尽管所处的位置并不突出，形象还是清楚的。看他当时的相貌，似还有点儿稚嫩，不过已经显示出了某种不同的气质（或特质）。他的整个状态，似乎有点儿忧郁，也有点儿焦虑，还有点儿玩世不恭，好像有点儿凶狠,却又有点儿儒雅,还有点儿少年老成。不过总的来说,还是比较清秀,有一种天然的浪漫气息(但不是那种奶油小生),或者说是很动人的。

顺便说一句,这也是我第一次看见孟千夫青年时期的照片,心下不禁一阵怅然,当时突然想道:哦,这个人已经不在人世了啊……

不过,到了《帝国轶事》,情况还是有了一点儿小小的变化。一方面,对他的宣传力度有所增强。由于他在该片担任主演的缘故吧,无论在剧照里还是在海报上,他的形象都很抢眼。另一方面,对他的评价则出现了分歧。在同一本影视杂志上,就连续发表了几篇对他的评论文章,有赞有弹。赞者对他大加褒扬。说较之前一部影片,他在《帝国轶事》中的表演更加完美,认为他所塑造的这个皇帝,是对此前所有这类形象的一个巨大的突破。说他演绎的这位帝王,不同于此前任何一个人所演绎的帝王,是真正的"这一个"。说他从多个侧面刻画了这个另类帝王的形象,立体地展示了这个人物的病态人生和病态心灵,把人物演活了。弹者则极尽贬损。说他在影片中的表演不伦不类,夸张造作,不成熟,对人物的理解过于肤浅,缺乏生活依据。总之,双方的观点针锋相对。

值得一提的是,我还在一份报纸上看到了一篇对他的访谈。个人认为他谈得很好,很实在,也很机智,态度非常地谦逊,不过也隐约感觉到他具有很强的自我保护意识,遇到敏感的问题马上就岔开了。

在访谈里，他重点谈了一些自己的生活经历、家庭情况，包括一些童年记忆。艺术方面反倒谈得不多。通过访谈我了解到，他是江苏省生人，他家住在一个县城。他父亲是中学老师，教语文，母亲是小学老师（这一点他在手记里提到过）。在他心目中，父亲很柔和，像个女人，母亲很刚烈，像个男人。同时，母亲又很美丽，有江南女子的风韵。他说他小时候喜欢跟父亲在一起，喜欢听父亲讲话，也许是受了父亲的影响，当年读了许多闲书。他认为读书对他帮助很大，让他在写作文的时候得心应手，起码每篇都能写得很长，不像有些同学，一写作文就搜肠刮肚，难受得要死。他不无得意地说，他的作文曾长期处于班级的霸主地位，篇篇都会成为范文，这让他觉得特神气。

访谈也谈到他小时候是个什么样的人，有没有什么难忘的事。他说自己应该属于那种外表很蔫儿但内心狂野的人，一方面有爸爸的柔和，一方面又有妈妈的刚烈，是两个人的集合体。说他在父母面前，在老师面前，在所有的大人面前，都是很老实、很听话甚至很乖巧的，而在他自己独处的时候，就会很猖狂、很放肆，心潮澎湃，目空一切，并且有极强的破坏欲，他觉得自己大概是属于那种分裂型人格。

在说到小时候让他难忘的事情时，他谈到了两件事：

一件是他有一次看见一个邻居死了，时间大概在公元一九六几年（上个世纪），但具体哪年他没有明确说。死者是一个中年男人，胡子拉碴的，也是一位教师（跟孟千夫的爸爸是同事），老家是北方的，讲一口"滴溜圆"的普通话，已经四十多岁了，还没有结婚。他说平时他经常可以见到这个人，待人很和气，戴一副黑框眼镜（都说他是近视眼），看人的时候，目光很专注。就在他临死的前一天（那天是星期天），吃过晚饭之后，他还见到了他，还面对面地说了几句话（他喜欢跟他说话，只要碰到了，就会说几句话）。第二天他放学回来，一进巷子口，就看见他躺在一块木板上，感觉身子变得比活着的时候长了点儿，头发乱糟糟的，脸色青紫，舌头伸在嘴的外面，也是青紫色的，就像他在嘴上叼着一块肉，一只脚上穿着鞋子，另一只脚上什么都没穿（打赤脚）。周围也围着一些人，七八个的样子，喊喊喳喳地在说话。他当时吓得差点儿就尿了裤子。以后好长一段时间，他都会不经意地想起临死前一天他跟他说话的样子，包括他说话的声音，轻声细语的。从大人们嘴里，他听说他是上吊自杀的，就在前一天的晚上。但他却至今也不知道，他为什么要上吊，当然他后来也听到了一些议论，有说是因为被他从前的恋人举报后，精神就不太正常了，有说是因为长久身在异乡太孤单，性格出了问题，有说是因为什么事情没有做好，受到了领导的点名批评……总之，有好几个说法。

另一件事是他的一个小学女同学，跟他一个班的，两人还是同桌，学习特别好，长得也好看，眼眸亮亮的，经常笑，偶尔也作生气状，说话的声音细细的，头发微微有点儿黄，常扎一根马尾辫，夏天常穿一件浅格子小褂儿、蓝裤子，冬天穿一件暗红底儿带黑格子的半截短大衣（那时候还没有校服）。他说，他跟她的关系一会儿好，一会儿坏，好的时候脑袋挨在一块儿嘀嘀咕咕，坏的时候就横眉竖目，还要在桌子上撞胳膊肘，桌子底下踩脚背。可是在五年级那一年，快放暑假的时候，她竟突然失踪了。不是搬了家，不是转了学，不是生了病，不是家里有事情……就是失踪了。老师、同学、派出所、亲戚朋友、左邻右舍，包括他本人和他的爸爸妈妈，都帮忙找过她，在县城周围、大街小巷、老厂子、空房子、小河沟、小池塘、小树林、公共厕所、垃圾场……反复找，不知道跑了多少遍，又贴了很多的寻人启事，不过到底没找到，至今也没找到（直到跟他谈话的时候），活不见人，死不见尸。被害了？被拐了？全然不知。这成了他的一个永不消逝的牵挂（或者说，成了他的一块心病），每每想起，都心痛不已……

除了上面这些，我还想特别介绍一下影片《暴风雨后的彩虹》的故事背景。不然，一些年轻的读者可能会因为不了解当时发生的事情而犯晕。这故事说的是：在某个特殊时期，国家曾经发生了一场大规模的运动，有千千万万的人都参加到运动中来了，人们天天开会，喊口号，早请示，晚汇报，表忠心。运动当中，有些人倒了霉，有的人被批斗，有的人挨了打，有的人被"下放"或者叫"劳动改造"了。倒霉者也包括一些"老干部"，他们被称作"当权派"。后来运动结束了，进行了"拨乱反正"，很多老干部都恢复了原来的官职，当然也恢复了原来的待遇，恢复了专车，恢复了住房，恢复了秘书，恢复了炊事员。随后便涌现出了大量的文艺（含文学）作品，并被文艺史家命名为"反思文艺"——《暴风雨后的彩虹》就是在这个时期出现的。

这里还要说一下秦××。

令人痛心的是,在拍完电影《暴风雨后的彩虹》之后不到半年,秦××就去世了。有关秦××去世的消息,我是在网络上搜索到的。当时我突发奇想,想了解一下参拍《暴风雨后的彩虹》的其他人现在都是什么状况,在做什么,成就如何,有无其他作品。当我敲出秦××的名字后,电脑上出现了有关他的信息,置顶的是他的生平简介,第二条就是一篇刊登在东北某省一份报纸文化版上的关于他的人物通讯。

通讯介绍了他在话剧表演艺术上所取得的成就,称他为话剧表演艺术家,说他在话剧舞台上塑造了数十位光彩照人的艺术形象。通讯还专门提到了不久前上映的影片《暴风雨后的彩虹》。通过通讯我知道,他是因为罹患肺鳞癌去世的,通讯上说"在患病治疗期间,他与病魔进行了十分顽强的抗争,表现出了一位老艺术家应有的积极乐观精神风貌"。在报道的最后,简要介绍了他的遗体告别仪式的情况,说有近千位观众及文艺界好友参加了仪式,并且列举了几位领导和好友的姓名,其中最后一位,即是孟千夫。

在看到他的名字时,我曾经稍稍被触动了一下,想:这个孟千夫,还是蛮有情意的哦。

我扮演了一个农民起义军——

××年5月11日

刚刚拍完一部新片。

这部片子相当好！当初读剧本的时候，我就有了这样的感觉。起码一点，这是一部不太一样的影片，跟我看过的许多历史片都不一样，主题不一样，角度不一样，表现手法也不一样，比较特别，别出心裁。在拍片的过程中，我也思考了一些东西。我相信这些思考，对我塑造人物会有很大的帮助。当然，这种思考，也开阔了我的视野，提升了我对很多事物的认知，包括对一些历史现象的认知。

幸得今天有空儿，就赶紧把拍片过程中的一些想法整理出来吧（怕一拖有些想法会忘记了）。

先说几句题外话：

中国几千年的历史上，差不多所有的朝代都有"农民起义"。秦朝有陈胜、吴广；汉朝有绿林军、赤眉军和张角三兄弟；隋朝有瓦岗军、窦建德、王世充，以及名声不是很大的杜伏威、辅公祏等；唐朝有王仙芝、黄巢、裘甫、庞勋，还有一个名叫陈硕真的女性义军首领；宋朝有宋江、方腊、王小波、李顺、钟相、杨幺；元朝有方国珍、赵丑厮、韩山童、刘福通、徐寿辉、郭子兴、朱元璋、陈友谅、张士诚；明朝有唐赛儿（又是一名女性首领）、徐鸿儒、王聪儿（白莲教）、高迎祥、李自成、张献忠；清朝有洪秀全、张乐行（捻军）、徐天德、刘丽川（小刀会）、义和团。除了这些，还有一些规模比较小的，就不提了。

比如宋朝（含南宋和北宋，国祚319年），就曾经先后发生过434起农民起义。

还有明朝（国祚276年），农民起义还要多一些，有资料记载是三千余起，不知确否。我查了一下，仅在洪武时期（公元1368—1398年），就发生规模较大的农民起义33起；永乐时期（公元1403—1424年），发生了16起；正统年间（公元1436—1449年），是11起；嘉靖年间（公元1522—1566年），是19起。

这就是说，在中国历史上，农民起义是占有很大比重的。他们起自乡野，一呼百应，奋不顾身，铺天盖地，洪流滚滚，不过大多都以失败告终了，死的死，亡的亡，烟消云散。有人说他们推动了历史的进程，有人说他们破坏了社会的发展，这个不是我想说的，所以且不管它。瞧，我把话扯远了——

这部电影所讲的，乃是洪秀全起义的故事，片名叫《天国往事》(暂定名)。

我最早知道洪秀全是在历史课本上，书上还有他的画像。上面讲他是农民起义的领袖，建立了太平天国。他自封为天王，天王洪秀全。其他还有东王、西王、南王、北王、翼王等等。有关洪秀全的事想必大家都或多或少知道一些，这我就不多说了。这次我扮演了一个起义军的将领，一个小将领。我首先认为，这个电影的角度好，不是一般的好，相当有创意，我个人特喜欢。故事是从起义失败后讲起的。某一天黄昏，在一个滨水的江南小镇，一位一直独居的神秘老者行将离世，恍惚间，在他的脑海中浮现出了一幅幅往昔的画面，电影的故事也便由此而展开……

这个人就是"我"。

故事开始时，"我"还是个介于少年和青年之间的人，也许十六七岁，也许十八九岁，剧本对此没做详细的交代。"我"是一个孤儿，当时正在距离桂平县金田村（太平军起事的地方）不远处的一个镇子上给一个大户人家当杂役。回忆一开始，就是"我"慢腾腾地推开了一扇高大沉重的木门（这时，门轴吱吱嘎嘎地响着），手握一柄扫帚，不声不响地从院子里出来。而在街坊邻居的眼中，"我"一直都是个可怜巴巴的家伙，头脑似有一点儿迟钝，整天被人呼来喝去的，就像一团模糊不清的影子，也像一个动物，既无思想也无灵魂，动不动还要挨东家的打。可是"我"自己却不这样觉得。"我"也有我的内心世界。"我"也有我的爱和我的恨，当然恨要比爱多。"我"恨人们不拿"我"当人看，恨东家老是不停歇地支使"我"，恨他动不动就来踢"我"的屁股（经常趁我不注意，突然就是一脚），恨他们总是不让"我"吃饱饭……

在太平天国起事之前，"我"就听见镇子里有人在悄悄地谈论这个事，不过都是只言片语，所有的人都神神秘秘的，不过，"我"还是听到了一些。听大家都讲，就在本县紫荆山一带，出了一个能跟上帝讲话的人，说上帝是他的天父，他是天父的"二子"（长子名叫耶稣）。说他如果有事想跟上帝商量商量，就在那儿闭一会儿眼睛，上帝就把什么都告诉他了。说他长得相貌堂堂，身长八尺，浓眉大眼，一看就不是个凡人。说他本事大极了，呼风唤雨，想怎么着就怎么着，想要什么就要什么，想要什么就有什么，上天入地，无所不能。说他听信他上帝老爹的话，要把全天下的人都当兄弟，有饭大家吃，有酒大家喝，有衣大家穿。说他们有一个"拜上帝会"，只要加入那个会，你就是他们的兄弟了……

这些传闻让"我"动心，让"我"幻想，让"我"好奇，让"我"羡慕。经过一番思想斗争，"我"选了一个风雨交加的夜晚，离开了主人家，离开了"我"生活了十几年的镇子，前去投奔他们。其时，天上不时炸响着惊雷，狂风暴雨吹打着"我"的衣衫（雨是用高压水龙头制造的，还用两台鼓风机对着我吹），"我"动不动就跌倒了，再马上爬起来。还没等"我"走到，就是说，"我"尚在路途中，就遇到好多逃难的人，说是上帝的"二子"造反了，说他带领着成百上千的人，正在攻打大清朝治下的一个州城，已经攻打了几天几夜。听到这个消息，"我"一下特别兴奋，兴奋得不得了。"我"一不做二不休，马上又朝州城那儿赶。当"我"赶到那儿时，战斗还没结束。还在距离州城很远的地方呢，"我"就听见了一片喊杀声。"我"没有马上投入战斗，而是来到了一个可以俯瞰州城的小山岗，在那儿悄悄地观察了一阵儿。攻城的起义军和守城的清军正在拼杀，战斗进行得十分激烈，你来我往，杀声震天……

我这样写是不是太啰嗦了？

接昨天

总之,后来"我"也参加了攻城的战斗,并在攻城胜利后参加了起义军,自此成为一名"圣兵"。从那以后,"我"就跟着太平军的队伍,南征北战,东拼西杀,顶风冒雨,攻城略地,参加了一场又一场的战斗,这期间,有的人战死了,同时又有更多的人参加进来,就是说,队伍在不断壮大,"我"也由一名普通的圣兵升为小头领,太平军的叫法是"两司马",手下有 25 个兵士。

可是,让"我"倍感遗憾的是,从入伙到现在,都这么长时间了,"我"还从未见过天王的面,一次都没有见过。这样,见到天王就成了"我"最大的愿望,简直梦寐以求,都成了一块心病了。"我"常常想,哪怕就看他一眼呢,"我"也就心满意足了!好在这个机会不久就来了。那是在攻下南京以后——天王把南京改成了天京——有一天,"我"接到指令,让带领手下圣兵到玄武湖站哨(还有好多其他的圣兵)。到那儿不久,就看见来了一队人马,黄旗开道,阵仗十足,中间一顶八抬大轿,金黄顶子,轿杆上刷着红漆。过不一会儿,大轿来到一处地方,缓缓落了下来。距"我"只有十几步远。轿一停,马上过来了一个人,穿着天国的朝服,一看就是个大人物,弯下腰,对着轿门说:"天王,我们到了。"尽管声音不高,"我"还是听见了。"我"当即怔了一下,感觉头有点儿晕,感觉心都不跳了,随即,又感觉浑身的热血都沸腾起来,感觉无比地激动、无比地幸福，感觉马上就要热泪盈眶了（剧本就是这么提示的）……

就在这时候，轻轻地，轿帘被掀开了。紧接着，最激动人心的时刻就到来了：天王高大的身影，终于缓缓地从轿门闪现出来。"我"差一点儿喊出声儿来。"我"目不转睛地看着天王。"我"还轻声儿对自己说："我这不是在做梦吧？""我"的眼里迸出了片片泪花。当然，天王并没有看见"我"。天王那天情致好，他是到玄武湖来游玩的。在走出轿门之后，天王还举起双手伸了个懒腰，然后才慢慢地向前走去，一边走一边若有所思地看着湖面。那天，天王身穿一件黄色长袍，上面有丝线绣出的图案，头戴王冠，看上去又高大又魁梧，真是气宇轩昂，不言自威啊！

天王慢慢地走过去了……

"我"还痴痴地看着他的背影……

我本人觉得，这是一场非常有匠心的戏，构思奇巧。这是洪秀全的第一次亮相。其妙处在于，洪秀全居然什么话也没说，已给人留了一个大大的悬念。就像有人说的，此处无声胜有声啊——

此后不久，"我"就随部队开赴前线，进行西征，离开了天京。部队在一个名叫赖汉英的太平军将领的率领下，一路向西，取安庆，攻九江，战武汉，一场恶战接着又一场恶战。将士们则个个英勇，人人争先，流血流汗，在所不惜。这当中，有些人战死了，有些人负了伤，鲜血染红了征衣，染红了面庞，染红了脚下的土地。但他们仍然士气不减，前赴后继，实在是可歌可泣。

片子拍了一些战斗场面。老实说，这些场面拍得都不赖，很有自己的特点，当然也借鉴了一点儿外国战争片的东西，无论色调还是画面，都很逼真，很震撼，很惨烈，场面很大、很壮阔，声效也特别好，拍出了战争的残酷，也拍出了战士的英勇。而在所有的战士中，"我"无疑是最英勇的一个，奋不顾身，一马当先，气喘吁吁，横冲直撞，手起刀落，"简直杀红了眼"……

从这里开始，影片开始双线叙述。一条线继续写战场，另一条线则转向了洪秀全。两条线索互相交叉，也可说是互为印证。

顺便说一下，扮演洪秀全的是著名老演员×××（编者注：因未与此人沟通，为减少纠纷计，此处隐去他的姓名，望各位谅解），他在影视圈儿被公认为老"戏骨"——他演得真好，不得不服。

随着情节的发展，洪秀全在影片中第二次出现了。

他的这次出场与上一次出场同样讲究，且有寓意。

这个场面不容易描绘，我干脆抄一段剧本原文吧——

天京。天王府内室／日／傍晚。

太阳将落未落，光线已显得黯淡，房内一片昏黄。

一个男人的巨大的背影（几乎占满整个画面）。

此人面窗而坐，微弱的光线映出他的头、肩的轮廓。他长时间一动不动，宛若一尊塑像。

静，无一丝声音。

镜头拉开，背影逐渐变小，再变小。

此时，从角落走出来一个年轻美丽的女子。女子手捧一个烛台，脚着软鞋，走路无声音。随着她的移动，室内光线逐渐转亮。

女子径直走向男人身后的一张桌案，试图将烛台放在上边，不料一不小心，碰倒了案上一件器物。

"当"地发了一响。

听见响声，男人一下子站了起来——显然是受到了惊吓——随即，转过了脸。

这人是洪秀全。

特写：洪秀全的脸。

这一刻，洪秀全的表情十分复杂。震惊，恐惧，焦躁，强横，骄矜，恼怒，似乎有什么内心的秘密被人发现了，还是一个不可告人的秘密。

无疑，此前他正在想着什么，而且想得特别专心。

他的脸逐渐变得狰狞起来。

洪秀全：（大声地）来人——

很快即有几个女兵跑进来。她们都很年轻，皮肤白皙，明眸皓齿，样貌都很好看，且人人身着太平军战服，腰悬佩剑，英姿飒爽。

洪秀全朝那个女子挥挥手。女兵当中即有两个走到那个女子跟前，一左一右架住她的胳膊，向门外走去。

女子：（意识到了危险，颤声地）天王、天王……

女子被拉出去了。

洪秀全：（理了一下衣服，轻声细语地说）咳，这么不小心……

瞧瞧。

照导演的说法，作为一个艺术形象，此时的洪秀全，应该是非常复杂的。一方面，他已经走到了人生的最高峰，太平军东拼西杀，几乎占了半个中国，建立了政权，还有了自己的都城，他自己也威名赫赫，但同时很多弱点都暴露出来，骨子里的弱点，相当卑劣，生活腐败不堪，思想极端狭隘，不思大事，搞阴谋，耍诡计，玩权术，装腔作势，小人得志。另一方面，则是他马上就要走下坡路了，不过还说不上是盛则必衰，因为他们并没有达到全"盛"，而是危机四伏，摇摇欲坠，主要是因为他们自己没有搞好，每个人，包括洪秀全，在战争形势充满变数的情况下，却都在忙着争权夺势，争名夺利，搞内讧，你防备我，我防备你，因此半途而废。

有文章讲，洪秀全就是一个色魔兼色狼。据说他一共有90多个老婆，竟比当时的皇帝咸丰还要多（资料记载，咸丰共有后妃20多人)。还说洪秀全当时整天整天地待在天王府内,大门不出,就跟这些女人混在一块儿,什么时候来了兴致,拉过一个就干。除了他,整个天王府再没有别的男人,没有太监,连守卫都是女兵。这就像一只公鸡领着一群母鸡。他把这些女人看得死死的,进来了就别想出去。他还专门下了诏书,"后宫面永不准臣下见","后宫声永不准臣下传"。可笑的是,他还要处理这些女人之间的各种是非、纷争、矛盾,包括他自己跟她们的矛盾,就跟一个妇女主任差不多。当然了,对那些犯了错儿的女人,有时候,他也会来点儿狠的。轻一点儿可以关禁闭(他称作关黑屋子)、不让吃饭(罚饿)、三年不发新衣、打棍子(杖责),重的就吓人了,有斩断手腕的,有砍头的,甚至有给点天灯活活烧死的(他称为煲糯米)。

对洪秀全和天平天国来说,这类事情可能还构不成太大的影响。真正对天平天国的命运造成重大影响的,是洪秀全本人内心的腐烂。有本书上说他这时候已经堕落了——或者根本就谈不上堕落,因为他压根儿就是这样一个烂人,一个屡考不中的书生,对朝廷和社会充满了怨气,又有一点儿小聪明,又有一些歪点子,他是偶尔受到什么东西的启发,才搞了那个"拜上帝会",说白了,那就是个欺世盗名的家伙——我不知道这个说法对不对,反正不是对了就是错了,呵呵……

书上所说的堕落,主要是说洪秀全从一个农民起义领袖,变成了一个阴谋家。说他在起义获得初步成功,定都天京之后,眼看着权力被他人所瓜分,自己被架空(主要是东王杨秀清），内心极不舒畅，也极不平衡，疙疙瘩瘩。尤其对东王杨秀清，简直就恨之入骨了。说来这杨秀清也不是个好东西，同样是个阴谋家，还是个野心家。他是跟洪秀全一起打天下的人，开始两人配合得还不错，他也蛮能干，也做了很多事，后来觉得自己功劳大了，心里就不服气、不平衡了，变得嚣张了，野心也膨胀了，最后竟假装"天父下凡"，逼迫洪秀全封他为"万岁"，实际就是要夺权了。这可是洪秀全的命根子呀！他怎么能舍得呢？于是就发生了"天京事变"……

以上这些，影片里都有表现，我就不细说了。

"我"，就是天京事变的亲历者。

当时，"我"所在的队伍正在西线跟清军作战。有一天，"我"的头目突然命令"我"，让"我"和弟兄们立刻跟随北王（即韦昌辉）返回天京。"我"当然不知道怎么回事，但也没问（不能问也不敢问），从命就是——这是规矩。队伍行动迅疾，士兵们一声不吭，面容坚毅，一溜小跑，脚步声整齐而有力……

在其后的一天夜里，部队来到了天京城外，骗开城门后，队伍即直扑东王府，在跟守卫的士兵一番激烈打斗后，抓住了慌乱中躲到一个角落里的东王杨秀清。同时大开杀戒，只要是东王府里的人，见一个杀一个，子女、妻妾（特别是怀了孕的妻妾）、用人，一个不留。整个东王府就像一个屠场，处处都是哭喊声、惨叫声，鲜血四溅……

接下来，上头又下令将被抓获的杨秀清处以斩刑，"我"

也参加了；接着又设计剿杀了杨秀清的亲信——连哄带骗，把他们全部弄到一处闭塞的地方，团团围住后，发一声令，挥刀就砍，刀刀见血，一次就砍杀了三千人——"我"同样参加了……

而且，在那之后某一天，"我"又跟着部队，冲进了石达开的翼王府，就像当初抄斩东王府那样，把石达开的一家老小，无论男女，也尽皆抄斩了……

所有这些场面，都是通过"我"的视角拍摄的。

换句话说，这都是"我"亲眼所见。

"我"为此特别震惊，满心不解。我不知道发生了什么事，不知道这是为什么，为什么这么丧心病狂，要自己人屠杀自己人。当"我"面对那些跟"我"穿着同样军服的人，面对一些白白净净、满脸天真、懵懵懂懂、吓得又哭又叫的小孩子，"我"真的是不忍心下手啊！可"我"又不能不下手。为此，"我"的内心说不上有多痛苦，说不上有多难受，说不上有多内疚，简直就心如刀绞。后来，"我"觉得实在受不了了，就在一天夜里，脱下身上的衣裳，悄悄溜出营地，再爬过高高的城墙，逃出了天京城。然后又提心吊胆，风餐露宿，一路流浪，一路乞讨，后又患了重病，或疟疾，或风寒，或拉肚子，最后不得不在一个不知名的小镇隐姓埋名停留下来……

影片是在一段画外音中结束的。

画面是弥留中的"我"。

以下是画外音——

……后来我听说，北王也死了，是天王下诏把他杀死的，杀死了不算，还把他凌迟了，把他的肉剁成了一小块儿一小块儿，放在那儿让人瞧，旁边还贴了一张告示："北奸肉，只准看不许取……"接着翼王回来了。可是没过多久，翼王就带着他的部队离开了天王，听说是天王又对翼王产生了谋害之意，想除掉翼王，被翼王察觉了，赶紧离开了。翼王一离开，天国的情况就更不好了。再后来，听说天王也死了，好像是病死的——唉，他这个人啊，难说……再后来，天国就没有了，他的那些女人，也都没有了，风风火火了十多年，最后啥都没有了……

我觉得，这个结尾很巧妙，也特别有意味，余韵悠悠，想说的和不想说的，一切都在这段画外音里面了，并由此产生了强烈的命运感和沧桑感，引发人们非常丰富的联想（这才是主要的）。

编者考证（2）——

我核实了一下，在参演上述三部电影时，孟千夫还在学院的表演系读书。因为这几部影片，他一时名气很大，也受到相当多的关注和宣传，照片不断见诸报端。特别是在学院和同学们当中，更是个热门人物，甚至教授们在给他的同学讲课时，都常常以他在影片里的表演作为例子，进行评点和分析。

在读了孟千夫的手记后，我设法联系到了他当年的一位大学同学，男性，姓名就不必说了，曾经演过几部戏，名气不太大，现在已经花白了头发，一脸的沧桑感，但仍然很有"范儿"（在跟我谈话的过程中，会时不时地理一下他的头发）。据这位同学讲，学院的教授们（包括同届的同学）多数都认为，在上述三部影片里，他在《天国往事》里的表演是最为成功的（虽然戏份儿并不多）。大家都认为，他在这个片子里的表演最为平实，也最像样儿，甚至几乎就没有什么"表演"——他既没用力，也没强调，也没有故作轻松，一切都自自然然，好像一切就应该是那个样子（其他的样子都不合适）。至于孟千夫自己怎么看，他却没有提及（可能觉得这点无关紧要吧）。

大学毕业后，孟千夫被分配到某电影制片厂的演员剧团，做了专业演员。然而，奇怪的是，在这以后的两三年内，他却没有接拍任何新片。据我现在了解到的原因是，他在毕业不久就生了一场病，且病情相当严重，也相当复杂，兼有肉体和精神的双重问题，身体一度瘦到只有50公斤上下，瘦得整个人就像一根麻秆儿，脸色苍白如纸。据说他的病状比较奇怪，去医院做检查时，各项指标都没太大的异常，可他本人却一直不舒服，浑身乏力，同时伴有耳鸣、盗汗、食欲不振（厌食）、牙痛、手足麻痹、关节疼痛、心虚气短、失眠、咽干、头晕、眼花、惊悸、牙龈肿痛、夜梦频多、胃肠不适、便秘、小便赤黄等症状。其间曾经到过好几家医院去治疗，但都没有明显的效果，最后只好请了假回到老家去休养。在家休养了两年多，才逐渐恢复过来，体重有所增加，脸上也有了些血色（不过还没有达到完全康复的程度），于是返回了京城，并重新开始工作。

孟千夫的笔记本上，也记录了一些这次生病的情况，但文字不多，比较轻描淡写。其中涉及了他的病因，还记了一些治疗及服药的过程，重点是记了一些他在病中的感受和心情，包括他在养病期间的所思所想（一些感悟吧），也说到了这次生病给他带来的一些潜在的影响，有正面的，也有负面的。如他自己所说，因为生病，使他感受到了一些以前从来不曾有过的感受（诸如，发现了一些以前不曾留意的生活细节以及十分细致微妙的感觉等），同时，性情变得更加细腻了，内心更加柔软了，做事情更有耐心了，感觉自己对事物的理解能力都增强了许多，似乎也变得更加脆弱了（比如，动不动就会伤感）。不过，人却不再像从前那样，对什么都充满了渴求，充满了热情（甚至狂热）了，也就是说，精神上变得有一点儿消极或消沉了……

在与孟千夫的同学晤谈时，我曾经问过他，在他或同学们的眼里，孟千夫是一个什么样的人。同学想了想，说了三个字：敏感吧。可能怕我误解，同学马上又说：我是说他在艺术上很敏感，生活中倒是既简单又平常的，跟同学们也算合得来，喝酒啊，打架啊（有时候跟本系的同学打，有时候是跟外系的同学打，有时候跟学院附近的小痞子们打），谈女孩子啊，总是嘻嘻哈哈的，表现得挺随和、挺可爱。可也有一些小毛病，比方，有时候很固执，喜欢钻牛角尖，还有点儿斤斤计较，经济上算计得很紧，不够大方（因为他家的经济条件不是特别好，这个同学们都知道）。但是有一点，他基本上是不说假话的（不像有些人，假话可以随口来），也就是说，他很诚实。他跟大家最大的不同是爱看书。这家伙太爱看书了，没事的时候就捧起一本书在那儿看，一气儿能看好几个小时，小说啦，历史啦，感觉杂七杂八的，什么都看。他看书的劲头儿，可能比文学系的那些秀才们还要大些。

这位同学还告诉我，其实孟千夫并不是个太爱说话的人，平常话很少，跟同学们一起聊天儿的机会也很少（感觉他经常处于一种半游离的状态）。而他跟他，算是聊得比较多的了，聊聊家乡啊、童年啊、经历啊、小时候跟人打架啊、对一些事物的看法啊。而且，在聊天的时候，你立刻就可以感觉到他是聪明的、聪慧的，对事情是有他自己的看法的（这个说起来很容易，能做到却是很难的），理解问题的方式也跟别人不大一样，包括看问题的角度，常常会让人意想不到。

这位同学说："我个人认为，这归根到底，还是因为他看书比较多啊……"

说完这话，这位同学还举了一个例子。说有一次他们无聊谈起了文学，当时谈到了一位大诗人若老，孟千夫当即说，这个人不可取，他才华有是有，就是人品太差了，特别是晚年，完全彻底地没有了骨头，也没有了自己的思考，变成了一种附庸物，可悲又可怜。接着又讲了一个俄罗斯的诗人（作家）帕斯捷尔纳克，讲他为了写一本长篇小说《日瓦戈医生》，在整整八年的时间内没看过一张报纸，也没听过一次广播（那会儿还没有电视），就在那儿默默地写，可见内心是多么地坚定！

后来，我还问了下这位同学，孟千夫的性格怎么样。同学十分认真，不过，他使劲儿地想了好半晌，最后还是摇了摇头说："嗯……不好意思……这个嘛，我还真的是说不太清楚呢……"

随即又补充了一句道："可能也不大好说……"

我表示诧异，问他："有什么不好说的呢？你是不想说他坏话儿吧？没关系，不论你说什么，我保证绝不外传……"

同学认真地说："哦，我不是那个意思……我的意思是，这个问题我没有仔细想过……关于他的性格，可能不是那么简单……我的意思是，可能不仅仅是那些坚毅啊、果敢啊，或者柔弱啊、粗鲁啊……可以概括的，他要复杂得多……有一个词，形容一个人的性格比较复杂，是怎么说来着？"

我说："您的意思是……他属于多重性格？"

同学说："是的是的，我就是这个意思……多重性格、多重性格……没错儿，他就属于那种多重性格的人……"

照同学的说法，孟千夫似乎确实是一个多重性格的人，是无法（也不能）以单一的概念来概括的，而且无法判定哪一方面更主要，或者所占成分更大。说他在不同的环境和氛围中，会表现出不同的性格侧面。有时候，他是一个安静的人；有时候，他是一个躁动的人；有时候，他是一个阴郁的人；有时候，他是一个开朗的人；有时候，他很稳重；有时候，他很轻佻；有时候，他很火暴；有时候，他很柔弱；有时候，他很刚强；有时候，他性情孤僻；有时候，他性情随和；有时候，他很恬淡；有时候，他很张扬；有时候，他很磊落；有时候，他很猥琐；有时候，他谨小慎微；有时候，他胆大包天；有时候，他很果断；有时候，他迟疑不决；有时候，他热情洋溢；有时候，他冷若冰霜……

同学问我，是不是每个人都是这样子呢？

我说大概是吧，每个人都会有一些不同的侧面，开朗啊，阴沉啊，大方啊，小气啊，不过程度可能会不一样。

停了片刻，同学又补充说，我想我们每个人可能都是这样子，都会有好的一面，也有不好的一面，就是说，谁也不是完人，您说对吧？

我说，对！

抗战电影杂想——

××年5月15日

明天起要开拍一部抗战题材的电影，我将在里面客串一个年轻的八路军军官，是个副排长（排长牺牲了）。因为进组时间仓促，这会儿我刚刚读完剧本。客观说，我这次就是来打酱油的，戏很少，总共只有四句台词。一句是"我"对班长说："一班长，你马上带几个同志，从侧面往上扑……"另一句是连长大声问："三排准备好了吗？"然后"我"高声回答："报告连长，三排坚决完成任务！"第三句是"我"站在战壕的边上，将手枪用力向前一挥，高喊了一声道："同志们！跟我冲啊！"第四句是"我"负了重伤，就要死了，吃力地从衣服口袋里掏出了一张被鲜血染红了的纸片，喘息着说："请把这个交给组织……"说完，慢慢地闭上了双眼。

这是我生病之后第一次出来拍片，而且本来是没我什么事儿的，都因为那天参加一个朋友的饭局（在广渠门外的一家湘菜馆），碰到了这个戏的副导演，刚好我们俩又挨着坐，喝了几杯酒之后就有一搭无一搭地闲扯起来，剧组的事、艺术的事、国家的事、世界的事、"一战"的事、"二战"的事、穆加贝的事、萨达姆的事、卡扎菲的事、隋炀帝的事、崇祯的事、宣统的事……扯得蛮开心。扯着扯着，副导演问我最近都在忙些啥，我就说我养病刚从老家回京城，这阵儿正闲待着呢，他就说那好啊，你想不想跟我过去混几天，我总觉得咱哥儿俩还没聊够！我问他去哪儿，他说去山东……这样我才进了组。

听副导演说，这部片子要在"8·15"（8月15日）拿出去。他还说，今年有好几部这类题材的片子呢，各个制片厂都有计划，至少是一部。他还向我介绍，在这些片子中，有的是拍当年某个战役的，有的是拍当年某个著名人物的（类似传记片），有的是拍某个特定日期的，比如7月7日（"7·7事变"）、8月15日（抗战胜利纪念日）、9月18日（"9·18事变"）等，另有几部是拍游击队的，还有拍少年英雄或女英雄的。所以竞争还是很激烈的，想出彩比较难。但也无所谓，因为都是上面投资的，票房方面无压力。

副导演还说，拍这种片子有一个好处，就是比较省事，不用太动脑子。

副导演的话引起了我的一些思考。

一个不能忽略的事实是：这些年来，我们拍了这么多这个题材的电影，可以说好片子非常少。而与此形成鲜明对比的是，同样是战争，同样是"二战"，国外却拍了那么多的好电影，特别是苏联，他们拍了《士兵之歌》《一个人的遭遇》《雁南飞》《战地浪漫曲》《这里的黎明静悄悄》，你都数不过来，每一部都那么棒，那么饱满，那么动人。美国也有很多，比如我看过的《中途岛之战》《虎，虎，虎》《最长的一天》《巴顿将军》《卡萨布兰卡》等。其他还有英国的（我看过一部《桂河大桥》，是英美合拍片，我个人非常喜欢；还有一部《战场上的快乐圣诞》，相当特别），法国的（我看过一部《老枪》），阿尔巴尼亚的（我小时候看过一个电影《第八个是铜像》），南斯拉夫的（我至今还记得《瓦尔特保卫萨拉热窝》和《桥》）。

那么，为什么我们的影片就没有那么好呢？为什么就不能像那些电影那样那么地感动人、那么地让人心灵震撼、那么地引人思考、那么地让人难以忘怀呢？我想了一下，觉得可能是我们的片子都太肤浅了。最主要的一点，可能是主题都过于单一和简单了。想想看，我们所拍的抗战电影，把所有的片子都加在一起，大概一句话就可以概括了（也就是说，只有一个主题），就是：歌颂了军民的英勇顽强、不怕牺牲，在上级的领导下，最后打败了侵略者（另外也会揭露一下侵略者的凶狠残暴、作恶多端、杀人放火、面目狰狞等），再深一点儿的意思基本就没有了。是不是这样呢？

电影也就罢了，甚至包括文学（我指的是小说），也是这样子的。盘点一下你就知道，我们有那么多著名的作家，写了那么多本抗战小说（我粗略算了一下，至少也有十几本吧，可能还不止呢，大概几十本也是有的），可他们写的却是完全一样的主题（跟电影的主题一个样儿）。概括一下基本是这样：日本鬼子很残暴，我们的军民很英勇，最后经过艰苦卓绝的战斗，打败了小鬼子，取得了伟大的胜利！想想是不是这样的？更为夸张的是，除了故事的发生地（或华北或华中）以及作品里面的人物姓名（或绰号或诨名）不一样外，情节都大体差不多。而我想不明白的是，他们，这些著名的作家，为什么要这么写？

当然了，抗战题材的电影绝对是应该拍的，抗战题材的小说也是应该写的,因为这是我们这个国家、这个民族所经历的大事,可以说是比天还大的事,不抗战就要亡国,就要灭种,而且,我们最终取得了胜利,这是伟大的胜利!

抗战八年,艰苦卓绝!

如果从"9·18"算起,则是十四年。

八年也好,十四年也好,那得发生多少故事呀!多少悲欢离合;多少生离死别;多少崇高,多少卑下;多少忠诚,多少背叛;多少悲伤,多少欢乐;多少爱情,多少友情,多少亲情;多少人性,多少狼性,多少狗性……

这些,都值得拍,值得去深入地挖掘,挖掘那些更深层次、更丰富的东西,不一定局限在某一个特定的尤其是简单、概念的主题上——战争是万花筒,生活是万花筒,人性是万花筒,命运也是万花筒。

以上这些,算是我的一点儿感悟吧,将来有机会,我要跟更多的人讲一讲,交流交流。

至于我扮演的这个人物,这个牺牲了的八路军小军官,我还是要好好设计一下(包括那几句台词,也要改一改),尽量不要搞得太概念、太脸谱,尽量让他像一个生活中的人。我只能说,我尽力吧。

好了,明天要早起,就到此为止吧。

信念的力量——

××年3月15日

这段时间没事，整天在家里看杂书、翻刊物，古今中外，信手拈来，逮着啥看啥，清闲得不得了。这几天正看一本苏联作家的书，这人叫皮里尼亚克，我在看他的一本小说集，刚刚看完了一篇《不灭的月亮的故事》，现在正在看《红木》。此书的序言把这篇小说评价得相当高，我读起来倒是觉得有点儿闷。从序言上得知，这个作家的遭遇有点儿惨，他是被秘密警察给处死的。序言里介绍说，某天深夜，零点前后，这位皮作家正在家里写作，突然来了几个身穿皮夹克的人。他们敲开门，问他老婆：鲍里斯·安德烈耶维奇·皮里尼亚克先生在家吗？老婆说在啊。他们二话不说，面色严肃地闯进房间，当即就把他带走并很快枪毙了（记得还有个名叫巴别尔的作家，也是那个时期的，写过一本名叫《骑兵军》的书，写得特别好，然而篇幅并不长，一本小册子，很快就读完了，他跟皮里尼亚克一样，也被毙掉了）。

顺便说说，这种枪毙作家的事，民国时期也发生过，就是有名的"左联"五烈士，地点在上海的龙华监狱。不过，五位烈士的名字我一下子想不起来了，好像有一个叫柔石，有一个叫殷夫——殷夫是写诗的；柔石写过一篇小说《为奴隶的母亲》，很有名，另有一篇中篇小说《二月》，还拍成了电影，名叫《早春二月》（孙道临和秦怡演的），柔石原名叫赵平复，他还是鲁迅先生的学生；还有一个女作家叫冯铿，记得她是广东潮州人，我曾经在一本杂志上见过一幅她的照片，长着一张典型的精致的潮汕女子的脸，她的文章我倒没有读过；好像还有一个叫胡也频，我也没有读过他的文章。我记得鲁迅有一篇文章叫《为了忘却的纪念》，中学课本上就有，我上中学的时候学习过，写的就是这件事。

可惜没等我把《红木》看完，就有一位副导演打电话过来，说他们要拍一部新片，要我扮演男主，问我档期行不行，行的话就过来。

我过去了，跟导演很认真地谈了一次，并签了合同。

这一次，我要扮演一个民国时期的知识青年，名叫肖沐阳，一个标准的富家子弟，父亲是一个资本家兼大地主，城里和乡下都有家产。他自己呢，则是一个青年学生，就读于当时一所非常有名气的大学（即将毕业），受到当年一些"神秘"书籍的影响，后来走上了一条"向往革命的道路"……

母亲是个家庭妇女，心地善良，粗通文墨。

除此还有兄弟姐妹若干人。

家里有保姆、奶娘、使女、账房、厨子、园丁、司机、保镖、杂役……

以及很大的宅院……

打小儿，他便过着乖宝宝似的生活，衣来伸手，饭来张口，不论做什么都有人服侍，但他天性心地善良（因为受母亲影响），却也性格内向、柔弱……

这些都是背景材料，会偶尔通过人物对话交代一下，并不直接表现。

　　说起来，类似的人物我早在一些小说中读到过，比如《红岩》里边的那个"陈然"。说来，在我所读到的中国的文学作品里面（长篇小说、戏剧等），这样的人物有很多，不过现在一时想不起来了。并从各种宣传资料上了解到，真实的生活中这样的人也不少，而且很多人都成了赫赫有名的大人物，比方农民运动领导者彭湃。还有前边说到的诗人殷夫，家境也是非常富裕的（其他的还有一些人）。用我们普通人的眼光看，如果不发生其他事，像他们这样的人，本来是可以活得很安稳、很安逸的，起码吃穿是不用愁的，甚至会活得很潇洒，有的还会声色犬马，逍遥自在，可能会娶好几房姨太太。当然，一辈子也就这样匆匆过去了。可是他们偏偏不想这么活，他们心怀大义，视人间污浊、邪恶为天敌，把追求真理和正义当作自己的天职，舍生忘死，在所不惜⋯⋯

　　据我所知，当时确实有好多这样的人被当局处死了。他们被枪毙，被砍头，被绞杀，被烧死，被刺死，被活埋⋯⋯因而成了烈士。我到现在都认为，他们是一些非常特别的人，也是值得尊敬的人。这是因为，他们确有自己的信仰，有非常坚定的信仰，是可以用生命去换取的信仰（并因此而高尚），甚至可以说（我非常坚信这一点），放在任何一个时代，他们都是最优秀的一群人，是人类真正的精英。因为他们磊落、忠诚、坚定，他们绝不苟且，他们很少（甚至根本没有）私心，他们活着的目的就是追求自己的信仰，他们活着是为了信仰，死也是为了信仰……

其实，这样的故事早就拍过电影了，包括那个大名鼎鼎的《烈火中永生》（赵丹扮演的许云峰，简直帅极了）。

为此，我还有点儿担心，以为导演是在"炒冷饭"。

看过剧本后，我才发现不是这么回事，完全不是。

也可以说，这才是这部电影的价值所在。

不同之处在于：这部电影的重点不在于表现主人公的英勇和坚强，而在于表现他精神成长的过程，表现他在生活中的发现（有对善的发现，对良知的发现，也有对恶的发现），同时表现了他的变化，表现他的觉悟过程，表现他为什么要这样做而没有那样做……

读剧本的过程中，我一直比较激动，我隐隐地有一种感觉，这或许会成为一部很棒的电影，起码也是一部有特色的电影。而且，影片里情感的空间、演员发挥的空间、人物塑造的空间，都非常大。

6月6日

片子杀青了。

说起来，本片情节非常简单（那些仅仅喜欢看故事的人尽可以不看），也没有太大的场面，不过调子还是蛮好的，很舒缓，也很雅致——

整部片子都是围绕肖沐阳（我扮演的角色）进行的，他不断地出入各种场合，接触各种人物，见识各种场面，经历各种事情，参加各种活动，吃饭，睡觉，读书，与人谈话，包括争论……在此期间，他不断地观察，不断地思索，有时痛苦，有时愤怒，有时焦虑，有时喜，有时忧，有时热血沸腾，有时彷徨不安……

在表演上，我紧紧抓住了他的这些精神特征：多愁善感，气质忧郁，不苟言笑，落落寡合，外表柔弱，内心刚烈。经我建议，导演给我穿上了当年（大概在上世纪40年代初期吧）那些知识青年最喜欢也最时兴的服装，而且留了一个当年最流行的发型，颈上还特意戴了一条当年读书人都喜欢戴的那种长围巾。在整个表演过程中，我也有意把自己装扮成一个"英俊小生"，干净清爽，又装扮得像个诗人，浪漫飘逸，多愁善感，同时装扮得像个不成熟的思想者，时而亢奋，时而消沉……

导演高度评价我的表演，说他要的就是这种感觉。

导演甚至说，正是由于我的表演，还使影片部分地改变了风格，增加了一些诗意，也增加了一些唯美的气息……这就跟以前同类题材的片子很不同了。

说句实话，我对导演的评价很受用，人都是有虚荣心的，我也不例外啊。

6月7日

昨天太晚了，人很乏，脑子有点儿不好使，不过总觉得还没写完，现在接着写——

我在前边说过，这部片子没有什么情节。

回头想想，其实也不尽然。

作为一部电影，关键还是要看你想要的是什么，或者说，你想表达什么。

以我不成熟的看法，此片有两个主题，一个是成长的主题，还有一个是反暴政、反独裁、反专制、反腐败的主题，反的是当年国民政府的暴政、独裁、专制和腐败。也正是因为有了他们的暴政、独裁、专制及腐败，"他"（我扮演的主人公）才最后走上了"革命"的道路，所谓"逼上梁山"是也。

与此同时，主人公的精神也在迷茫状态中逐渐地、一点点地成长、成熟、澄明起来。

这部作品，是紧紧抓住了通过主人公的所见所闻促使其思想发生变化这一脉络来塑造人物的。

因此真实可信。

反过来说，作品又通过主人公的眼睛，客观地反映了当时的（在反动专制政府统治下的）社会现实。

从这个角度，也可看出编剧（包括导演）的匠心。

作品设计了几组人物关系，并通过这些关系，表现了主人公的内心。我简单梳理了一下，这里面有他与家庭的关系（其中包括他与父亲的关系，与母亲的关系，与兄弟姐妹的关系），有他与社会的关系（包括与朋友的关系，与同学的关系，与个别老师的关系），有他与政权的关系（包括与校方的关系，与军警的关系，与某些官员的关系——他们是政权的延伸)，等等。

而这些"关系对象"，无疑都是他认识社会的窗口。

通过这些"窗口"，他看到了社会的黑暗和腐朽。

比方：他曾经目睹军警镇压请愿的学生；

目睹一辆载着官员的汽车在街上横冲直撞；

目睹一位老师从讲台上被逮捕，因为他讲了一些对反动当局不满的话；

目睹一个官员接受贿赂（他当时跟他的父亲在一起）；

目睹一群士兵当街殴打卖菜的小贩，还把小贩的秤杆给折断了；

目睹为建"军事区"而强拆老百姓的房子；

目睹一群警察在打砸一家报馆；

目睹富豪们的花天酒地；

目睹一个下级官员对上级官员卑躬屈膝；

目睹一个女同学被一个官员当众侮辱；

目睹一个贫穷瘦弱的母亲出卖自己年幼的女儿，那女孩儿头上插着草标、面容枯黄、打着赤脚、瘦得皮包骨头，一脸的疲惫，一脸的恐惧，一脸的无助，并且还在细声细气地对过路人说："……贵人行行好，给我一条活路吧，我愿意给您当牛做马……"

……

他为他看到的一切而难过，而伤心，而绝望，而痛苦，而恼火，而愤怒，而呼吸困难，而撕心裂肺，而肝肠寸断，而神经过敏,而无地自容(为同是人类而羞愤),而叫天天不应叫地地不灵⋯⋯

在目睹了这些之后,一个信念在他心里渐渐形成了:他要摧毁这个暗无天日的社会,要改造这个腐朽没落的国家,要推翻这个专制无良的旧政权——他们(旧政权)一心只想维护自己的统治地位,哪里会管老百姓的死活,更何谈民生、民主和人权?他们已经形成了自己的利益集团(比如当年有名的四大家族),或者叫利益共同体,而其他人则只是他们压榨和盘剥的对象。他们搞暗杀,搞舆论封锁和新闻封锁,同时廉价收买了一批没廉耻、没头脑,只想着投机讨巧卖己求荣(不知道有没有这个词哈)的小丑吹鼓手,为他们涂脂抹粉,歌功颂德,粉饰太平⋯⋯

可是,面对这一切,他又无能为力。他认识到了自己的渺小、软弱、势单力孤。

就在这时候,他得知北方有一个"革命的圣地"。

他经过认真的思考,最后下定了决心:要到"圣地"去!

他简单准备了一下,还回了一次家,不过什么也没跟家人说,怀着十分复杂的心情跟母亲吃了一餐饭,又把家里的四处都看了一遭,算是默默地作个别吧——这是一场特有意味的戏,要特别注意戏的火候,弄不好会滥情,反过来则不够——然后便悄悄离开他所在的城市,向"圣地"进发了⋯⋯

他假扮成生意人,坐火车,搭轮船,间或步行,内心交织着孤单、焦灼、恐惧、对未来的向往等等情感,不屈不挠,意志坚定。

后来不幸的事情发生了，在到达"圣地"的前夕，他患了病，初是感冒，因为找不到医生，随后便转成了肺炎，发烧、咳嗽、痰中带血……

那天早上，他虽然自感身体状况不好，仍然坚持上了路。他拖着虚弱不堪的身体，一路踉踉跄跄地前行，但终因体力不支，一头跌倒在路上……

影片的最后一场戏，是他匍匐在一条路上，向"圣地"的方向爬行……

他艰难地向前爬着，爬得那么缓慢、那么顽强……

在外景地的一条大路上，我慢慢地向前爬着……

我爬着，已经忘记了摄影机（以及其他事物）的存在……

在那个过程中，我真切地感受到了一个人对理想和信念的真诚；我仿佛看到了一个圣徒，一个活生生的圣徒；我为此而感动，我真的感动了……

我也为此而痛苦，而且非常非常地痛苦……

但我不知道我为什么要痛苦……至今也不知道。

这部电影是个悲剧，因为他没有到达"圣地"——他死了，死在了途中……

关于这个结尾，剧组还发生了争论，有人认为最好不要让他死，起码也要来个开放性的，不交代他的死活。可导演不同意，说："我们所要的，其实就是这个过程……我们所表现的，乃是信念本身，而不是其他，是信念本身的力量……明白了吗？"

后来，我曾多次想到过这件事情。

我想：如果他最后真的没有死，而是如愿到达了他心目中的"圣地"，并且成为其中的一分子，后来会怎么样呢？那么，他或许会在以后的战争和战斗中牺牲掉生命（这个可能性大半会有的）；或许没有牺牲而成了胜利者中的一员，并且最终成为一名高级领导干部（就像后来的许多人一样）；当然也有另一种可能，他因为性格上的原因，因为过于纯粹或者过于孤傲，不能跟大家打成一片，因而被排挤出局（这种可能性也是存在的）；同时也有另一种可能，就是在"他"做了高官后，由于理想和现实之间出现了巨大的落差而痛苦及难过而悔恨了一生甚至最后无奈自行走向绝路……那就是另外一回事喽。

这样看来，导演的意见就很有道理了。

编者考证（3）——

资料证实，孟千夫康复后所拍摄的第一个片子，就是他手记中提到的那部抗战题材的影片。不过奇怪的是，有关这部电影的票房、影响以及拍摄情况（花絮）等，我却没有找到任何相关的资料，翻看那个时间段的报纸以及娱乐杂志，也没看到任何的消息，就是说，既无报道也无评论。后来我意识到，难道影片根本就没有公映吗？——当然了，这种可能也是存在的，我曾偶然看到过一则消息，说我们每年制作完成的电影和电视剧，大概会有一半的数量，由于各种原因（技术原因、艺术原因或其他原因等），不能获批在影院公映和在电视台播出。

与上一部影片不同的是，孟千夫的另一部影片，就是他手记中提到的这部关于信念的影片，却获得了诸多好评。不仅报刊做了图文并茂的介绍，还有多篇采访（包括对编剧的采访，对导演的采访，对孟千夫的采访），以及很多篇"影评"。其中有一篇影评，专门谈到了孟千夫的表演。

按照这篇影评的说法，在孟千夫的演艺生涯中，这部电影可能会具有非常特殊的意义和价值。

该文作者认为，这是孟千夫从影以来第一部在真正意义上获得了成功的作品，也可视作孟千夫表演事业的转型之作。最主要的一点是，孟千夫在表演中找到了或者说表现出了他自己所独具的艺术风格，并运用这种风格演绎出了片中人物所应具有的独特的精神气质，或者说"精气神儿"。文章甚至说，真的很难想象，如果让其他演员来扮演这个人物，这个在黑暗时代出生长大，天良未泯，高尚、善良、忧郁、彷徨，进而坚定、赤诚、顽强,具有圣徒特质的人物,会是什么样子,会不会假模假式,程式化、概念化……

我是看过这部电影的。我可以负责任地跟大家说,这个影评人说得对。

顺便说一句,在这一届"大红公鸡"电影节上,他当年参演的这部影片(片名叫《信念之光》),还一举获得了最佳男主角、最佳影片、最佳导演、最佳摄影、最佳美术、最佳声效等七项提名(遗憾的是,最后并没有获奖)。

这部影片之后,孟千夫的片约一时也多起来。

《大正和二正》——

××年2月16日

这几个月拍了一部"解放战争"的片子。

我特意"百度"了一下。关于解放战争，官方是这样定义的：解放战争，亦称第三次国内革命战争，是1946年6月至1949年9月中国人民解放军在中国共产党的领导下，为推翻国民党统治、解放全中国而进行的战争。1947年7月，解放军由战略防御转入战略进攻，接着连续进行了辽沈、淮海、平津三大战役，基本上消灭了国民党军主力。1949年4月，解放军横渡长江，解放南京，基本宣告了国民党统治的覆灭。1949年10月1日，在解放军向全国进军的途中，中华人民共和国在北京宣告成立。到1950年6月，残存在东北、华东、中南、西南、西北战场上的国民党军被全部歼灭，仅有少量逃往台湾。1951年西藏和平解放。至此，解放军完成了解放全国大陆和近海岛屿的任务，统一了中国大陆。

我们这部影片，讲了一对亲生兄弟的故事。特别值得一说的是，这两兄弟都是我一个人扮演的（一人饰双角）。当然，这种一人饰双角的做法并不鲜见。但我个人觉得，也许只有在我们所拍的这部影片里，这种做法才是最恰当、最合适的，才真正地表达了作品的思想含义，达到了所谓内容与形式的高度完美的统一与融合（也许吧）。

两兄弟还是孪生兄弟。

两兄弟一个是"国军"，一个是解放军。整个片子采用两条线索并行叙述的形式,一会儿讲"国军",一会儿又讲解放军。在排戏的过程中,我就要一会儿穿着"国军"的衣服,一会儿穿着解放军的衣服。——当然,除了这个,再就没啥区别了,连一些动作都惊人地相似。比如说,我设计了一个咧嘴的动作,一遇到为什么事儿而出神的时候,两个人就会不由自主地咧开嘴,有时候还会流口水,还设计了一个摸鼻子的动作,一旦感觉不好意思,或者觉得自己冒失了,就会下意识地摸一下鼻子。当然我也设计了一些他们之间的不同,因为他们毕竟是两个人,而不是一个人。我这样设计,主要是为了突出他们之间的关系,突出孪生兄弟这层意思,也是为了突出作品的主题思想——顺便说一句,当我把我的设计汇报给导演时,立刻受到了他的表扬。

两兄弟一个名叫王正通(小名大正),一个名叫王正达(小名二正),家住在中原某地,父母都是庄稼人(农民),母亲还兼做家务,此外还有爷爷,还有一个小妹妹。因为父母勤劳节俭、踏实肯干,家境还说得过去,亦有几亩薄田,套用当年划阶级成分的方法,大概应该算作"下中农"。

某一年,两兄弟都是17岁。当时正是抗战后期。由于某种特别的机缘,他们一个参加了"国军",一个参加了第八路军——这个就不细说了,因为说也说不清。开始还两军协同,共御外辱,遇到什么战役,双方会互通情况,甚至互相增援,偶尔还会互相慰问一下,送点儿大米白面、活猪活鸡什么的,或者搞搞联欢。两兄弟也偶有见面的时候,当然那种机会很少,影片里只交代了一次,从艺术的角度说,这样也就够了,以一当十嘛!在这期间,他们也以他们的方式,表达了各自的欣喜,有一搭无一搭,同时也隐隐约约地传达出一些他们各自的观念,思想上的差异,为将来埋下了伏笔。

其余的时间,还是表现他们各自的生活。一会儿是大正,一会儿是二正,两个人交替着表现。当然都是他们日常的生活:行军、打仗、列队、吃饭、喝水、瞌睡、战友间谈话、骂娘、说笑;山地、平原、战壕、荒草、断壁残垣、残树、飞鸟、白天、夜晚、清晨、霜花、露珠儿、脚步声、咳嗽声、衣服的摩擦声、战马的嘶鸣声。气氛营造得特别好,色调特朴实,不做作,有种粗糙感。

接下来,就是抗战胜利了。

抗战胜利后,由于作战勇敢,弟弟二正被提拔当上了班长,他所在的部队也由八路军变成了解放军,而且换上了新军装——影片有一场他们换军装的戏,虽说这是一场过场戏,拍得却很壮观,当时现场有几百个人吧,一声令下,马上开始脱掉旧军装,换上新军装。因为人多,现场的声音也被放大了,唰啦唰啦,声效蛮好。

换上新军装没多久,新的战斗就开始了。

所不同的是,双方的战斗对象发生了变化。

第一场战斗发生在一天深夜之时。剧情是一方的部队去攻占另一方部队所占据的一座城市(一个县城)。战斗是在城郊位置展开的。战场上有很多战壕和碉堡,战壕纵横交错。战斗打响后，一方的部队向另一方的部队发起了一轮又一轮攻击，喊杀声和枪炮声不绝于耳，双方的枪口不断喷吐出火舌。可是双方始终僵持不下，打打停停。战斗一直进行到清晨，天色渐渐亮起来，太阳又露出了鱼肚白……直到这时，交战双方的面目才显现出来，原来就是哥哥大正和弟弟二正所在的部队。大正的部队（国军）是守方，二正的部队（解放军）是攻方。到后来，大正的部队被打败了，仓皇逃窜；二正的部队则胜利了，意气风发地开进了这座城市。

从此以后，这样的战斗又进行了好多次，而且每次战斗都发生在两兄弟所在的部队之间。有人提出这样是不是太巧合了，不够真实。我个人倒不这样看，就是说，我理解编导的意图。古今中外那么多作品，小说也好，戏剧也好，电影也好，巧合的例子非常多，就像有人说的，无巧不成书啊。况且，这里面还有一个典型性的问题。依我看，大正和二正的故事就是一种典型性。当然了，文艺理论的事我并不懂，顶多也就一知半解吧。呵呵。

影片始终采取两条线索并行的方式向前走，除了这些战斗，主要还是表现两兄弟在各自部队里的境况。同时，通过对话（主要是闲谈），来表现他们（以及他们的战友们）的思想。这些战友中，有的阵亡了，有的负了伤。有的前一天还活蹦乱跳，还说自己以后有什么打算，比方，有说回家后要翻盖一下房子，打算成亲娶媳妇儿的，有说战斗结束后要好好睡一觉，一直睡到太阳照屁股的，有说要用军饷给老爹、老妈、女朋友、未来的岳父、岳母、哥哥、姐姐、弟弟、妹妹、侄子、侄女、外甥、外甥女买点儿什么礼品的（鞋呀、帽子呀、首饰呀、烟嘴儿呀、腰带呀，以及什么好吃的东西、好玩的东西等），还有说回去以后要找什么人寻仇的……可是第二天，新的战斗一打响，说不上从哪儿飞来一颗子弹或一块弹片，顷刻间他就没命了。

还有一些负了伤。其中有个人，说他特别喜欢自行车，头一天他还兴致勃勃地说，将来有钱了，一定要买一辆自行车，不光他自己骑，还要教他没出世的儿子骑……不料到了第二天，他正跟大伙儿一起行军，走着走着，一颗炮弹突然落下，一下子就把他的双腿炸断了，并且被炸得飞起来，还凌空旋转着……

值得一说的是，在对双方部队和士兵的表现上，影片也没有厚此薄彼，没有在美化一方的同时去丑化另一方，基本是同等对待、一视同仁，连时间的长短也差不多。这大概也算是一个突破。

总而言之，大正和二正，他们身边的人，一个一个地死掉了，或者，一个一个地负伤了，然后，又不断地补充进新的人来……对影片来说，这是情节发展的需要。而对人物来说，这则是情感的积累——积累了悲伤，积累了痛苦，积累了愤怒，积累了思索，积累了不解。反正，积累了很多。

到后来，两兄弟终于还是碰到了一起，"不可避免"地碰到了一起。正所谓"狭路相逢"是也。

影片设计了一场遭遇战。

这是一场巷战。

两支部队在一个小镇突然相遇,并开始了一场战斗。

战斗进行得非常激烈,这就不用说了。在战斗快要结束的时候,二正带领几个士兵正在向前突击。但突然被盘踞在一堵矮墙后边的几个敌人压制在了一个小土堆的后面。那也是对方的一个火力点,大正就在这几个人当中。他趴在那儿,只露出半张脸,头戴钢盔,脸上的表情既冷酷又恐慌又疯狂,手握一把冲锋枪,"嗒嗒搭,嗒嗒嗒"地在点射。他枪法很准,已经打倒了二正这边的好几个人。此时的二正非常焦急(越来越焦急),于是抓起了身边的一个炸药包,命令其他人掩护自己,随即纵身跳出了小土堆,不顾一切地向矮墙那边冲过去。

他时而匍匐前进(就是爬),时而灵活地跳起来,快速奔跑几步。

随即又趴下去。

身手十分地敏捷。

眼看二正离矮墙越来越近……

就在这时候,大正发现了二正。而且,他仿佛认出了他。不过,他还不敢确认。他甚至揉了一下眼睛。这下他才看清了,看清了那是二正——他的同胞兄弟二正。他当即颤抖了一下——心颤抖了一下,手颤抖了一下,眉毛颤抖了一下,浑身都颤抖了一下。

在那一瞬间,大正一定一定是心痛了。他也许会想到一些什么，比方说，几幅闪烁的画面，几声远去的话语，以及与此相关的气味、色彩、光线等等。他一定会想的！所以，他迟疑了片刻，仅仅是片刻。不过，片刻之后，他还是开了枪。

他为什么要开枪？

他可以不开枪吗？

都无法解释。

总之，他开了枪。

二正被击中了，但他并没有被打死。他只是负了伤，他倒在了地上。在他倒下的同时，他也看见了大正。他看见了他的钢盔，看见了他的脸，看见了他的发红了的眼睛。那张脸在颤抖，眼睛也在颤抖。

那么，二正想起了什么呢？难道他也想起了大正所想的那一切吗？他会比大正想得更多吗？

不知道。

二正在地上躺了一忽儿，使劲儿地喘了几口气，然后一跃而起，跳过矮墙，同时拉响了炸药包。

一声巨响。

一团火光。

一股黑烟。

两兄弟同归于尽……

响声过后，周围突然安静下来。

仿佛全世界都安静下来了……

我个人理解，这场戏该是整个影片的高潮。

下面说说影片的结尾

本片曾经有两个结尾，一个是剧本原来写好的，一个是后来修改的。为此，还专门召集主创人员（包括我）多次进行讨论。

原来的结尾是这样的——

大正和二正死后，父亲找到了他们的尸体，把他们分别装进了两口棺材。两口棺材并列放在他家的院子里。父亲则只身跪在棺材的前面，在一支撕心裂肺的乐曲的伴奏下，仰首望天，无声地痛哭，直哭到双眼流出了鲜血……影片结束。

大家都觉得这个结尾过于理念了。而更大的问题是，父亲是怎么找到儿子们的尸体的？从哪儿找到的？所以都说这个结尾不合理。

修改后的结尾是——

大正二正死后，他们的父亲母亲买来两口棺材，把两兄弟以前穿过的所有衣裳统统放进去，并排埋了两个新坟（衣冠冢），然后，父亲母亲跪在坟前，既悲伤又无助，在撕心裂肺的音乐的伴奏下，仰首望天，欲哭无泪……影片结束。

我认为，还是修改后的结尾好一些。

爱情电影——

××年3月3日

今天进组拍一部爱情电影。明天要举行开机仪式。听道具组的小梁说，会有很多大腕前来捧场，这个且听着吧。不过今晚倒蛮清静的，宾馆的条件也不错，干干净净。想想很有意思，入行以来，我好像还没拍过所谓真正的"爱情电影"呢。哈哈……

回想一下，我最早看过的爱情电影应该是日本拍摄的《生死恋》，栗原小卷主演的（另有两个男演员，名字不记得了）。片子涉及三角恋。尤其要说的是，这部电影还是我们国家在改革开放之后（上世纪七十年代的后半段）最早引进的并向大众开放的外国电影之一。如果我没记错的话，跟《生死恋》前后脚上映的，另外还有两部电影，一部是《追捕》（主演是高仓健和中野良子），另一部是《望乡》（主演也是栗原小卷）。当然，这后两部影片就不是纯粹的爱情电影了，严格意义上说不是。

这也让我想起了一件事，或称一个现象，说来非常地荒唐和悲摧。

曾经有一个时期，一个并不短暂的时期，在我们偌大的国家，还有这么多的青春男女，"爱情"居然成了禁忌。回想那段时间，文学是不能表现爱情的，戏剧也不能表现爱情，电影也不能表现爱情，音乐和美术，同样不能表现爱情。当时，在文学戏剧作品里，所有的男主角和女主角，全部是单身主义者，不论在什么场合，他们都只能谈工作或者谈理想，不能谈其他。不仅在作品里不能谈，在生活里也不能谈。否则就会说你生活作风不好，说你思想不健康，让你自觉很可耻。更有甚者，还要说你调戏妇女、耍流氓，那就犯了流氓罪。有一阵子，我常常在那儿瞎想，在这样一个不谈爱情的国度里，人们是如何选择对象并走进婚姻的？又是怎样生出了这么多的娃娃的？是靠动物的本能吗，抑或靠其他？记得以前我看过一篇短篇小说，名叫《爱情的位置》，遗憾的是我忘了作者是谁了。有一篇评论文章说，这是新时期以来的第一篇写到了爱情的小说，具有划时代的意义。这篇小说就告诉我们，从前，爱情是没有位置的。

而说到当年三部电影的上映，则称得上盛况空前了（凡经历过那个时代的人一定有印象）。唉，那简直就是一场观影狂潮啊！想想看，就连我们那个小县城，一个十八线以外的小城市，人口就那么一点点，电影院都能场场爆满，售票窗口那儿，总是很多人在排队，有些素质不高的，还总爱在窗口的周边挤来挤去，弄得派出所都要派人到现场维持秩序。特别值得一说的是，以前总说看电影是年轻人的事儿，那段时间可就不同了，就连很多结了婚的中年人（不光是男人，还包括女人），甚至一些老年人，也都出来凑热闹了——不过这是题外话了。

记得在看《生死恋》的时候，好多人都在影院里边哭！

但是客观地说，作为爱情电影，《生死恋》显然还不是最好的。

不过，通过这个电影，可能那整整的一代人，都记住了栗原小卷，记住了她那张生动的脸以及脸上生动的笑容，这个却是事实。

我觉得：一方面，是这些电影太感人了（尤其是《生死恋》）。另一方面，这也是大家在借助电影释放自己内心的情感，是在释放人们内心深处多年来被压抑的对爱情和人性的渴望和呼唤。

当然那以后，爱情电影就看得多了。英国的，法国的，德国的，意大利的，墨西哥的，瑞典的，瑞士的，伊朗的，苏联的，越南的，美国的，中国香港的，差不多世界各地的；其中有悲剧，有喜剧，有悲喜剧，还有正剧；经典老片如《魂断蓝桥》《简·爱》《看得见风景的房间》《莫斯科不相信眼泪》《第四十一》《布拉格之恋》《乱世佳人》……其他还有好多。而且，我那时候已经考入了学院，看电影就是上课，叫观摩课，有些电影光看不行，还得分析，讨论，还得写观后感，掰开了揉碎了，主题、结构、特色、表演风格，搞得你直想吐（这话有些夸张了）。

后来国内也开始拍爱情电影了。开头几年票房也很火。就因为这个吧，很多导演都开始涉足爱情电影的"泥潭"。电影海报上会专门印上"爱情电影"或"青春爱情喜剧"等字样，以招徕观众。那些电影我看了几部，有的还行，只是模仿痕迹很重，多数都是爱情喜剧，轻松逗乐儿，巧合啊，误会啊，装疯卖傻啊，大团圆啊，看了哈哈一笑，主题一般都很简单，不够深刻。

我个人比较不明白的是，难道我们的国人就喜欢这种肤浅的嘻嘻哈哈的东西？喜欢用这个来麻痹自己？难道生活中就没有感人肺腑的爱情？没有震撼人心？没有深刻？没有启人思索？

个人之见：其实我们生活中并不缺少爱情，也不缺少深刻，缺少的是发现，是表现，是独立思考，是勇气（独立思考是需要勇气的，没有勇气，就只好去模仿），是……

3月11日

影片开拍9天了，一切都很顺利，好像没什么可说的。

至于这部电影，准确一点儿说，就是一部城市爱情喜剧。从剧本看，可能要比同类题材的片子好一点儿，不完全是胡编乱造的（也就是说，没有那么离谱），有生活气息。但这种城市爱情剧，要表达的东西其实还是很有限的：一点儿爱情小哲理，加上一点儿爱情小说教，再加一点儿爱情小启迪，再加上一点儿爱情小温馨，轻松、幽默、健康、向上……无非也就这些，仅此而已了。

我在戏里扮演男主角，一个憨厚老实、吃苦耐劳、心灵手巧、乐于助人的个体户，自己开了一间小作坊，制作各种实木家具——这样的人，在过去很长时间，都被定义为"小手工业者"。

女主角在一个事业单位从事文字工作，年轻貌美，心直口快，心地善良，外刚内柔，有正义感，有独到见解（偶尔会有一点儿小脾气），且父母都是机关干部，再就是喜欢文学，读书很多。

两个人偶然相遇，相识，互生好感，然后相爱，面对种种压力，经过种种误会、波折、磨难，最后嘛，终成眷属。

故事大概就是这么个故事。

本片还有一个亮点，就是塑造了一个国产片里从没出现过的人物，一个中老年妇女，半老徐娘了，是个"过了气"的作家，写过一些豆腐块儿的散文，自费出版了几本散文集，还评上了一级作家职称，心态比较扭曲，性格比较乖戾，四处制造绯闻，实则为了攀附（绯闻对象都是一些权势人物），没有灵魂，撒谎成性，既不本分，又不安分，十分地自私，百分地虚荣，喜欢穿一些颜色鲜艳扎眼的衣服，脖子上戴了好多的假珠宝，就像个贵妇似的，还总喜欢对人说自己年轻时多么风光，曾经跟谁谁一起吃过饭，就像一只花蝴蝶，我在人间飞呀飞……

这女人是女主角的亲戚，她嫌贫爱富，瞧不起男主角，说他是个下等人，极力破坏他跟女主角之间的爱情，目的是要把女主角介绍给一个有利可图的大款（富翁），在一次聚会时，居然跟大款合谋，在女主角的饮料里下了迷药，试图强暴女主角，把生米煮成熟饭，幸亏男主角及时赶来，才把女主角解救出来。

也有人认为这个形象不够真实，说好歹她也是个作家呀，不至于那么恶劣吧！可导演说，作家怎么了？作家也是人哪！你还以为他们一个个都是天使呀？非也！

非也……哈哈！

编者考证（4）——

通过查阅当时的资料，我了解到，在那一段时间，孟千夫其实不止拍摄了这几部片子，他还参演了另外几部影片，诸如几部警匪片、枪战片、功夫片、武侠片、幻想片、恐怖片等。这些，在他的手记中也有记载，不过我认为都没有什么思想和艺术上的价值，或者价值不甚高，基本属于娱乐性的片子，所以就不提了。不过，他倒是凭借这些影片赚了好多钱（据说他当时的片酬已经很高了），另外也在观众中获得了更大的名气和影响力，还会在电视上看到他为一些商品代言的广告片，酒啊、手表啊、剃须刀啊、领带啊、男装啊、男鞋啊、男帽啊、男用护肤品啊都有。

我还了解到，也就是在这个时期，孟千夫开始了他的爱情生活。与此同时，社会上也出现了一些关于他的传闻，或者说绯闻——人一旦有了一点儿名声，他的事情就会得到更多的关注，同时会被无限地放大，不论好事儿还是坏事儿，而且总是被传播得很快，报纸、电视，各种媒体，也会以此作为吸引公众的元素，起码是元素之一。当然，这也是没办法的事儿，因为人人都很辛苦，他们需要满足自己永无止境的好奇心和天生的恶毒心理，并借以消除每天的疲惫。

试举一例。

最早一则涉及孟千夫"绯闻"的消息见之于当年的一张娱乐小报，文字不多，文章采用一种半是记录半是猜测的办法，似是而非地写道："有读者爆料，近日看到当红影视演员孟千夫携一青年女子在香港某饰品店休闲购物，二人面带笑容，两手紧紧握在一起,并不时交头接耳,表现十分亲密。爆料者认为,孟千夫可能是在为女友挑选金饰。爆料者称,此女子身材高挑苗条,目测身高在170cm左右,一头披肩长发飘于腰际,双眸灵动有神,容貌清秀可人……"

据我查到的材料,在那段时间,有关这方面的消息不少于15则(与那些当红的女明星相比,他的当然还不算多)。诸如,有说他某月某日跟某个女演员在某处参加活动,举动亲昵的;有说他某月某日前往某地在某某酒店与某歌手密会的;也有说他与某当红女演员在拍某部电影或电视剧时因戏生情致女演员怀孕并去了某省某市位于某区某某街××号的某医院妇产科进行堕胎的;还有说他为得到某女星的青睐而送其豪车但遭到女明星拒绝的;还有说他早已与某隐姓埋名的女人育有一子(私生)的……但事后证实,这些事情都是捕风捉影的,完全没有价值。

在所有的说法中,大概只有一件事是可以证实的,就是孟千夫曾经结了婚,后来又离了。令人稍感意外的是,他妻子并不是演艺圈内的人,而是一位名牌大学的教师,专门讲授西方美学。他跟她偶然间相遇,一见倾心,相知又相爱,在一起总有说不完的话(说艺术、说文学、说人生、说宇宙、说天下、说文明、说岁月、说过去、说未来),婚后,两人也有过一段如胶似漆的甜蜜生活,每时每刻都想黏在一起,还动不动就出去旅游,国内国外、东西南北、大漠高原、高山大岭、森林牧场、江河、湖泊、大海、小溪、冰雪。但终因生活琐事、生活习惯、饮食习惯、生活境界、生活信仰、性格特征、聚少离多，以及人生观、价值观、世界观、道德观等等等等的差异，且这种差异越来越明显，最后只好遗憾地分手了。

比较遗憾的是（或者应该庆幸？），他们没有要孩子。

并且，孟千夫的妻子长得很美丽，有一双明亮的大大的黑眼睛，感觉很灵气，肤色很白皙，身材似不很高，属于娇小型。我曾经看到过几张孟千夫和妻子的照片，才有了以上的说辞。照片刊登在当年的一份娱乐刊物上，非常清晰。那可能是他们去参加影视圈的一个什么活动，也可能就是一次普通的聚会，碰到了某个娱记，被拍了下来。照片上，两个人时时手拉着手，都笑眯眯的。不用说，他们的照片之所以能够登在刊物上，自然是因为孟千夫，因为他当时已出了名，受到了人们的关注。

在那次跟孟千夫的同学见面时，我们也谈到了孟千夫的婚姻，谈到了他的前妻。同学告诉我，因为他跟孟千夫关系比较好，在孟千夫结婚后，他曾跟孟千夫两口子见过几次面（他后来又补充，其实结婚前也见过的）。同学对我说，他的第一个感觉是，孟千夫很爱他的妻子；第二个感觉是，他妻子很聪明、很智慧、有头脑、有学识、有见解。同学还说，可能就因为这一点，孟千夫才爱上了她的吧。停了片刻，同学又补充了一句道："孟千夫跟我讲过，他喜欢聪明、有智慧的女人……"末了，同学还透露了一件事，说在学院读书期间，曾经有个女同学很喜欢孟千夫，俩人也经常在一块儿腻歪，还合作排练过老师留的作业，最后却没有成。

　　同学说，听孟千夫跟他讲，在孟千夫跟前妻离婚后，前妻还出了一件事。说她在一次给本科生上大课的时候，讲了什么不该讲的话，似乎是比较那个的话，就被一个听课的学生（据说该生是团支部书记）给举报了，并被认定是犯了错儿，最后被校方给解聘了（或者说，是被开除了），此后不久，大概过了一年多吧，她就移民出国了，此后也一直在国外生活。

　　听孟千夫的同学讲，离婚后的孟千夫，一直都是一个人生活的。不过，他跟前妻一直都保持着沟通和来往……

农民的寓言：思想型导演——

××年10月26日

我参与了一个电影短片的拍摄。导演是我的校友,一个在读的导演系四年级的学生,一个满脑子想法的小青年儿,一个隔代的小学弟。当然,这家伙嘴很甜,"我费劲巴力地找到了您"(他的原话),然后就一口一个"学兄",把我忽悠得晕头转向,目的就是让我帮他一个忙——虽然我还不是所谓的大腕,但在圈内还算有了一点儿小名儿吧——他说他有一想法"倍儿棒",想拍一个短片去参加釜山电影节,那儿有个短片竞赛单元,并给我讲了剧本的构思,希望我来扮演影片的男主。最后我决定帮他这个忙,至于片酬,就不想了。听说他费了九牛二虎的劲儿,才搞到了50万元的投资,刨去吃喝拉撒,还要租车、租器材,基本就不剩啥了。

我要说,他的想法确实很不错,起码他有自己的想法(不是那种随波逐流的东西)。首先一点,他的想法相当特别,也就是说,跟现在流行的很多电影都不一样——似乎很抽象,重在思想性,感觉就像个寓言。人物也不多,也没有什么情节,也没有什么戏剧性,也没有几句对话。整个片子就拍了一个中国古代的农民(一个接近中年的农民),一年当中两天的生活——春一天,秋一天。并且,这两天是完全重复的。这两天都是从他一早儿醒来开始的,接着是跟家人吃早饭,同时简单地交代一下他今天要做什么,随即便走出家门,开始他一天的劳作。其间会偶有一些枝节,并借此来表达(或表现)他的既简单又丰富的内心世界,然后就是晚上回家,又跟家人吃晚饭……所不同的是,在他第二天回村的时候,碰巧看见了几个骑在马上的官家人,一边敲着铜锣大声喊"新皇登基!改朝换代喽——"一边从村街上疾驰而过。把他吓得直往后躲。看看他们没影了,他才惊魂未定地向家里走去,走着走着自语道:"噢,换新皇上了……"

故事大概就是这个样子。

不用说,我扮演的就是这个中国古代的农民。在我身上,穿着说不上哪朝哪代的粗麻布的衣裳,魏晋南北朝,五胡十六国,唐宋元明清,你想它是哪个朝代它就是哪个朝代。为了扮演这个农民,我还专门去外景地体验了半个月的生活,主要就是学习干各种农活儿及学会使用多种农具。这是我自己提出的要求——不管他是哪个朝代的,农活儿都要干得很漂亮、很地道——我可不想因为表演虚假让行里人笑话……当然了,我自觉表演得还不错。主要是很放松。根据我对人物的理解,表演时也没给"他"过多的表情,比较淡,比较木,也比较蔫儿……

顺便说一句,在整个表演的过程中,我仿佛真的变成了这个古代的农民,并跟随他走进了历史。我心里想:中国的农民真的就是这个样子吧?他们很勤劳,很善良,很老实,很质朴,很本分,很聪明,可又很卑微,很狭隘,很麻木,很自私……似乎历朝历代,永永远远,他们都处在社会的最底层(是不是这样呢?)。同时,他们也是这个社会里的最大的一群人(起码在中国是这样的)。在他们身上,存在着永恒的诗意,永恒的思考,永恒的沉重,永恒的困顿,永恒的勤劳,永恒的美好,永恒的丑陋,永恒的温暖,永恒的纷争,永恒的刚强,永恒的软弱,永恒的爱与痛、苦与乐(我不知道我有没有说出我想说的,但是我已经尽力了,呵呵)。

这小兄弟(即本片导演)对我说,他就是要拍出一种永恒性来。

以我的观察,如果坚持往前走,这兄弟真的有可能成为一个思想型的、有创见的、不一般的电影导演。

片子是在河北省下面的一个村庄里拍的(因为距离京城较近,不必太折腾,也可以节约成本)。我私底下想,如果这片子能在陕西省或河南省或山东省或山西省拍,会不会更有意思,也更有味道?

也许吧。

一切皆有可能啊!

那咱们就等着瞧!

一部流产的影片——

××年12月29日

唉！就这么白白地浪费了我半个月的大好时光，结果是竹篮打水一场空。兴奋呀、冲动呀、急赤白脸地争辩呀、某段情节怎样发展才更有冲击力呀、风格越朴实才越震撼呀、不要把人物概念化脸谱化呀、要让人物的行为更走心呀……兄弟们大老远地跑到北三环的工作室，从每天上午十点钟开始，天天聊至半夜，午餐晚餐一律盒饭，结果一纸通知，投资人撤资了，原因是担心票房没有保证，担心碰到天线血本无归。所以很恼火，恼火得想骂人：他奶奶的！

我还是从头说起吧。

半个月前，一个朋友给我打电话，说"阳光视域"正在筹备一部片子，由某导（不提姓名为好）牵头，剧本已改至第三稿，投资也已基本敲定了（并且前期款项已到位），眼下正在张罗建组。还说某导认为，我就是他心目中的男一号。不过现在感觉剧本还稍欠一些火候儿，有些地方显得单薄（还涉及过审的问题）。想趁这段时间，找些相关的人，敞开了聊一聊、捋一捋，再一块儿攒攒戏。某导建议我提前介入。冲着某导的名号和诚意，我答应了（我实话实说啊）。

我跟某导还不曾合作过，论名声他也不是特别牛×，也没有获得过什么大奖。可他的片子却不容小觑。他导演的作品也不是很多，口碑则好坏兼有，属于那种"小众"导演吧。我当然是看过他的片子的，而且感觉甚好。个人觉得，他是属于那种特接地气的导演，几部影片都很关注实际，对现实生活有自己的分析和判断，对历史上的一些事情也有所涉及（尤其是近、现代史，感觉有点儿审视的意思）。片子的风格以冷寂为主，稍显灰暗，所以不太讨彩。而他自己，好像也不太在意这些。可能也正因为这样，才使他获得了一部分人对他的尊重，包括我本人对他的尊重。

我还见到了本片的编剧，是一个写小说的作家，小有名气吧。这兄弟块头蛮大，脸色黝黑，年龄在四十岁左右，且一脸厚重的表情，不善言谈，一看就是个吃苦耐劳的主儿，眉宇间带着那么一点点的固执己见。我们这次所讨论的剧本，就是从他的一篇纪实文学（或者叫报告文学）改编而来的，题目叫作《公元1946—1948：东北嫩江省乡间恶性事件采访录》，发表在一本不算有名气的小杂志上。这篇纪实文学，我也全部看过了（当然是为了可以更好、更全面地理解剧本）。文章篇幅很长，至少有五六万字吧（剧本的情节只是节选了其中的一小部分内容）。

我由于孤陋寡闻，起初并不知"嫩江省"在何处，后听了编剧先生的介绍，方知晓：所谓的"嫩江省"，其实就是现在的黑龙江省，是黑龙江省的一部分。编剧先生介绍，在1946年至1948年间，在现黑龙江省境内，曾一度存在过好几个省，其中一个叫黑龙江省，一个叫松江省，一个叫合江省，一个叫嫩江省，一个叫兴安省，后来才合到了一起，叫作黑龙江省。

在完整地读过编剧先生的文章《公元1946—1948：东北嫩

江省乡间恶性事件采访录》之后,我才了解到:在1946—1948年的那段时间,我国的东北地区,曾经进行了一场声势浩大的土地改革运动(也可简称为"土改")。主要就是把原来的地主、富农和粮户们都打倒了,然后平分他们的家产,包括土地和房屋(这个还有一个专门的说法,叫平分胜利果实)。而在这期间,曾经发生了一些恶性事件,包括批斗啊、扇耳光啊、往人身上吐口水啊、挥动扁担打人啊、公然哄抢东西啊、趁机调戏和侮辱妇女(包括少女)啊,有的地方还把被打者的衣服给剥了,大冬天儿的往人身体上泼凉水,有的地方还把人绑在马尾巴上在路上拖,把衣裳皮肉都给拖烂了(这也有一个专门的说法,叫"拖高粱茬"),个别的地方,还有一不小心打死人的……

想想看,大家本来都在一个村庄里住着,乡里乡亲的,抬头不见低头见,见了面总要打个招呼或咧嘴一乐,现在倒好,一下子就翻脸不认人了。

就像俗话儿说的,天上下雨地上流,有人欢喜有人忧;有人上天堂,有人下地狱;有人撞了彩,有人却倒了霉。

这倒霉的,当然是地主、富农和粮户们。

下面就来说说这部电影。

关于剧本

首先,影片(剧本)名叫《一个和七个》。

故事发生在东北某地的一个村子里,村名叫作西腰窝屯

(在东北农村，人们习惯把村庄称作"屯"或"屯子"）。

剧本之所以叫《一个和七个》，是因为里面主要写了一个人跟七个人的故事。

下面我就分头介绍一下这几个人物，即"一个"和"七个"。

当年，西腰窝屯有三十多户人家儿，一百多口人（大人孩子都算在内）。屯里有一个富裕人家，姓丁，土改时被定为了地主。他家是个粮户，屯子周边的田地大半是他家的并由他家耕作，为此家里养了若干长工，还有很多的佃户。家里有车有马，有磨房，有粮仓，有牲口棚，有水井。因为家中人口多，房屋也比较多，有正房和厢房，有上房和下房，还有一个带围墙的大院子……

这个地主四十来岁，正适合我来扮演（在编剧先生的原作中，这个地主原本六十岁左右，为了适合我来扮演，把他的年龄改小了）。

在剧本中，"他"是一个很勤快的人，当然也很精明。性情则时而柔弱，时而强悍，时而天真如绵羊，时而暴躁如老虎，时而好如菩萨，时而坏如蛇蝎。根据剧本对他的设定，他是在他的父亲（老地主）去世后接管了这个庞大的家业的。原本他就是个少爷，还读了几年私塾，当初很不愿意担此"重任"，初时做事亦很不顺利，磕磕绊绊的，吃过几次亏，渐渐才好起来了。而在好起来的同时，人也发生了很大的变化，变成了现在这副样子。

剧本写到了他的一些日常生活，吃喝拉撒闲唠嗑儿等等，包括他跟老婆孩子在一起时什么样儿（剧本交代，他有两房老婆），跟长工、下人们在一起什么样儿，在街上遇见屯邻的时候什么样儿，跟别人谈正经事情的时候又是什么样儿。他一忽儿嘻嘻哈哈，一忽儿彬彬有礼，一忽儿喜笑颜开，一忽儿面色凝重……感觉剧本就是通过这些事情，展现了他的多个面目、多个侧面。

另外剧本还特别强调了一点，这个地主喜欢狗。而且不是一般的喜欢，是特别喜欢，是从小就喜欢，长大了还喜欢。

剧本用了不小的篇幅来描写他养狗的事情，并通过对话和闪回等手法，介绍他很小就开始养狗了，从一只、两只、三只、四只开始，渐渐发展到一大群。剧本还回忆了他第一次接触到一只小狗崽的情形，写了他对那只刚刚出生没几天就离开狗妈妈被人抱到他身边的青灰色小狗崽的疼爱。打那以后，他便开始喜欢狗，喜欢养狗。他家的狗也越养越多，以至于不管他人到哪里，身边都会跟着几只狗，围着他团团转，并且猖猖叫，甚至每当他走进狗舍，狗们就欢欣鼓舞，使劲儿地摇尾巴，兴奋得不得了（剧本还简单描绘了狗舍的样式和大小等，为了表示比较奢华吧）。

剧本除了地主这一条线索，还有另外一条线索——两条线索并行发展。

这条线索表现了几个农联会的干部。

实话实说，我是通过这个剧本才知道了"农联会"这个事儿的（恕我孤陋寡闻，此前我对这些确实是一无所知的）。我同时知道了，农联会的全称叫农民联合会（在当年，几乎每个屯子都成立了农联会）；农联会的领导叫主任；农联会的下面，还设有六个分管部门，俗称"六大部"，比如，分管武装的叫武装大队，分管锄奸的叫锄奸大队，分管生产的叫生产大队，分管民政的叫民政大队，各队的领导就叫队长。我还知道了，所有农联会的成员，实际都是由土改工作队决定下来的（这个土改工作队，是由上级派下来的）。在决定农联会的成员时，首先要看他是不是穷人，穷到了什么份儿上，另外还要看他是不是积极分子，越积极越好。

农联会主任加上各队队长，共七人。

剧本对这七个人，也就是七位农联会的干部，也给予了充分的表现。而且我认为，表现的手法很独创。编剧先生采用了一种非戏剧化的方式，在文学上被称作"白描"的手法，主要是通过日常生活来表现和塑造人物，包括描绘和刻画他们的脾气秉性、性格特点，甚至精神世界等，朴素、鲜明、生动、准确、活灵活现，主要是靠细节说话——那些细节都太棒了，也太特别了！

在这七个人物当中，他又重点刻画了锄奸队长、武装队长、民政队长和农联会主任这几个人。

第一个是锄奸队长，年纪大约三十多岁，几乎是屯里最穷的人了，人长得瘦骨嶙峋，然而嘴巴却特别地馋，而且鼻子特好使（灵敏），平常屯子里不管谁家动了一丁点儿荤腥，他都能立马就闻得到，然后就会想方设法，找各种借口、各种理由，到人家家里去"串门儿",就是去蹭吃,不给他吃一口,就死活不离开。另外还写到了他以前在街上见到人,不管见到谁,都会嘻嘻笑,可是自从让他当了锄奸队长,就完全变了一个人,一下子变得特霸道、特神气,再在街上见了人,就一脸严肃了。

第二个是武装队长,他是一个二十来岁的小青年,因为他爹去世了,便跟他娘一块儿生活。剧本写他是一个很机灵的小伙子,特别地勤快,特别地善良,也特别地孝顺,一直在好好儿地照顾着老娘,与老娘相依为命(还经常陪老娘唠嗑儿),后来当上了武装队长,每天都风风火火的,还差不多天天开会商量事儿,就没有那么多时间陪老娘唠嗑儿了,也没有那么多时间干活了,就连脾气好像也没有以前好了。

第三个是民政队长,他是一个老光棍儿(即鳏夫),且腿上有残疾,走路一拐一拐的(他因为年轻的时候小偷小摸,被人捉住打断了腿)。这人最大的特点是能说会道,见人说人话,见鬼说鬼话。剧本交代(我也是这么感觉的),这是他长时间磨炼的结果。大概由于身体不好吧,他也不怎么正经干农活,而主要是靠帮屯里人家儿干零活(即打短工)为生,如此便练就了他察言观色会说话儿的本事。

第四个是农联会的主任,他是整个农联会的领导。

这个人物的情况似乎要复杂一点儿。严格地说,他不算本屯的人。他是本屯一个什么人的大舅哥(即老婆的哥哥),是从大老远的老家(山东省某地)跑到东北来投奔妹妹一家的(因为此前家里发生什么变故,做了什么不好的事情等)。来到西腰窝屯以后,一直给妹妹家里做帮工。但是,他平时又不是经常待在屯里,会隔三差五地到外面去游逛一阵子,短则七天八天,长则十天半月,不知道在外面做什么。剧本通过一些描写,表现他很有本事,很会跟人交往,或者说,很会笼络人,跟屯人们讲起话来头头是道(剧本暗示,他似乎是一名潜伏的地下党员)。

……

另外还有三个人物,不过我不想写那么多了,暂且打住。

以下是本剧的主要情节

本剧的情节倒不复杂,大概是这样的(且听我简短地说):

农联会成立以后,做得最多的事情便是开会,经常开,差不多每天都开。大家在会上商议(研究)各种事情,也决定各种事情。其中有些是大事情,也有些是小事情。大事情可以关乎生死,小事情鸡毛蒜皮。不管大事情还是小事情,几个人一嘀咕(一研究),就算决定下来了。

为了方便商量事情,他们还专门占了一间房子,作为开会的地方(房子的情况就不做介绍了)。

接下来,土改运动就开始了。各项工作或活动,都在按照上级的部署有序地推进。用报纸上的话说:运动"轰轰烈烈"。运动的第一步,是反奸清算;第二步,是砍"大树"、挖财宝,简称砍挖运动，也叫扫堂子；第三步，是平分富户们的土地，就是将大户人家的土地充公后打乱平分。同时还分配房屋、车马、农具（含犁、耙、锹、镐、锄、镰等），以及箱柜、被褥、鞋帽（贵重如貂皮帽、貉皮帽、大皮靴等）、衣物（含冬衣、夏衣、春秋衣，贵重如皮大氅）等各类浮财。

运动开始的时候，一切还是正常的。大概由于被运动的声势所震慑吧，屯里的这个地主当时表现得特别好，特别听话，特别自觉，特别乖巧，运动开始没多久，就主动来到农联会，向"六大部"的人表了态。

剧本具体描绘了这个场面：

当这位地主——他名叫丁尚奎——神色慌张地走进农联会办公的房子时，农联会的主任和"六大部"的队长们都在场。

这地主一进门口，就怯生生地站住了，躬着身子说："各位屯邻，各位乡亲，各位同志。我听你们大伙儿都叫同志……我今天来，就是要向各位同志表个态……我本人，还有我全家，我们全都举双手拥护你们上峰各位的主张。我家的那些东西，房子、地、大牲口儿和车，那些所有的，全都听凭你们处置，你们说分就分，说咋办就咋办，我绝没二话。我就是有一个请求，我家里这几口人，老的少的，大的小的，还有我守寡的老母亲，还是要有一个存身的地方，看能不能给我们留几间房子，留几样衣裳被窝，不用多，够用就行了。你们看这样行不行？不行呢，就当我没说……"

农联会主任当时说："这个等我们合计合计吧，合计完了再告诉你，反正我们是按政策办事儿……"

农联会主任说完后，锄奸队长又接着说："就算你觉悟高吧！现在是我们这些穷爷们儿的天下了，我们说行就行，说不行就不行，你听明白没？"

地主马上连连点头说："哦，我听明白了，我听明白了……"

不料几天后，还是在农联会办公的地方，几乎还是这些人，又发生了另一件事情，也正是因为这件事情，才把故事推向了高潮。

大致过程是这样的：

某天，农联会的人又在开会研究事情，由于事情较多，会开了一整天，一直开到快吃晚饭的时候，大家自然都饿了。这会儿，农联会主任正在讲话。讲着讲着，被锄奸队长给打断了。锄奸队长说："停下，快停下……我饿得不行了……唉，这都前腔贴后腔了……我建议，先整点东西垫巴垫巴，完了再接着开会……"

随后，他还吵吵巴火地说了一句："这革命也得吃东西不是？肚子里没食儿，哪还有精神头儿啊……"

锄奸队长这样一说，其他人便跟着附和，一下子七嘴八舌的，纷纷喊饿。

农联会主任听了说："实说我也饿瘪肚了！那咋办？要不咱们先回一趟家，吃口饭再回来开会？"

锄奸队长说："妈了个×的，那也太麻烦了……我先问问大伙儿吧，想不想吃狗肉？那可是大补的东西……"

几个人立刻睁大了眼睛，齐声问："你说啥？吃狗肉？你上哪儿整狗去？"

锄奸队长说："狗是现成的……丁尚奎家好几条呢，还个顶个儿那么肥实……"

大伙儿马上起哄说："是啊是啊！他一个狗地主，不吃白不吃……"

听大伙儿这样一说，锄奸队长立刻就叫上武装队长，又顺手拿起一杆上级发给的步枪（一杆"三八大盖"），直奔地主家而去……

剧本详细描述了打狗的过程（那天，锄奸队长和武装队长的身手都特别麻利，砰砰两枪就把两条狗给撂倒了）。又描述了烹制狗肉的过程（包括剥狗皮、掏内脏、把狗肉切块、下水煮、狗肉在锅里如何翻腾等）。

我个人认为，这些描述，都十分地精彩。

……

狗肉煮好了，热气腾腾的，几个人围着锅台，每人一双筷子，从锅里一块一块地捞着狗肉，捞出来就直接放进嘴巴，大口大口地吃……

正在这时，地主来了……

地主手握一把私藏的镜面匣子（手枪），一进院，就看见了扔在院里的狗皮和放在窗台的狗头，马上就满眼的泪，随即一脚踢开房门，看见了正在吧唧吧唧吃狗肉的人，不由恶狠狠地骂道："你们这帮馋鬼……"一边骂着，抬枪就打。

剧本接着描述了地主行凶的过程，感觉有点儿血腥，因此我就不复述了。

总之，地主把这七个人全都打死了。有一个人，就是那个民政队长，死前还跟地主对了几句话。剧本描述，地主打民政队长一共打了两枪，第一枪打在了他的大腿上，没打死，民政队长赶紧连连摆手，哆哆嗦嗦说："别价别价……吃狗不是我的主意，是锄奸队长……再说我们还沾点儿亲戚呢……您老人家，平时也没少帮衬我……"

地主说："别说这些没用的……你们这帮下贱东西……"

说着又开了第二枪。

剧本的主要情节就是这些，接下来就是尾声了。

尾声是第二天就把地主给抓起来了，然后把他五花大绑，押到了那七个人的坟头前面，并在他的后腿窝上狠狠地踢了一脚，踢得他一下子跪在了地上。最后是一声枪响。枪声响过之后，地主往前一趴，连头带脸地摔到了地面（剧本就是这样描写的。我认为，这个细节相当好）……

编剧先生讲，剧本里面的这件事情，是确确实实发生过的。

……

出于我多年养成的职业习惯，在刚刚接触到剧本时，包括在后来的讨论期间，我就开始琢磨这个人物（这个地主）应该怎样表演了，包括用怎样的调调儿说台词，什么样的调调儿更适合这个人物、能更好地表现人物；以及人物的情感怎样把握、怎样拿捏，尤其在几个情感的节点上；甚至他应该有的一些习惯性的动作，我也慢慢地在琢磨、在设计。我不敢保证这个形象能有多出彩，但我可以保证他会很特别。

然而遗憾的是，我所有的设计最后都泡了汤。开始也不理解投资方为什么这么做，觉得他们没道理，觉得他们过于看重经济利益了，还觉得他们有点儿大惊小怪。不过这个就不管它了。

我个人觉得，这个剧本还是不错的，题材比较特别，故事也很惨烈，起码后半部分，情节十分紧凑，当然眼下还存在一些瑕疵，某些情节过于简单，过渡也过于生硬，修改一下就没问题了。

总之，有点儿遗憾，也有点儿可惜！

《林间月光》——

××年3月21日凌晨

有位前辈说,作为一个演员,他(她)一生最大的幸运,就是遇到一个好本子,一个适合自己的本子,一个跟自己气质相契合的本子。我今天就拿到了一个本子,我不知道我是不是幸运的,也说不清楚我跟这个本子是不是很契合,但是有一点,我确确实实被这个故事打动了。

我似乎突然有了某种预感!

我是上午10点拿到这个剧本的,现在是凌晨1点。我已前后读了两遍。尽管这么晚了,可我一点儿也不觉得累,反倒觉得很精神、很清醒。我内心很不平静,很感动。这种感觉我好久没有过了。我需要好好地想一想,思考一下。

从某个方面说,这也是个爱情电影。但这不是当下的爱情,而是另一个时代的爱情,是一种对昔日爱情的记忆。同时,这也是历史的记忆,或者说,是对历史的记忆。也可以这样说,影片是通过记忆中的爱情,来反映记忆中的历史。爱情是媒介,是线索,历史才是核心,是重点。

个人观点:无论记忆中的爱情,还是记忆中的历史,都不应该忘却。

(记住:明天就给剧组打电话,我要签下这个作品——我要扮演这个人物。)

3月26日

前几天我跟剧组签了约。这几天我一直在琢磨我要扮演的人物。导演让我写一写角色分析，包括人物小传、人物的主要性格特征以及人物表演设计什么的。我很乐意这么做。今天，大概就在半小时前，我终于把这些事情全部做完了。然而奇怪的是，我的心情并未因此轻松起来，反倒愈发地沉重了。

下面就是我写的人物小传。

人物姓名：耿绍明

人物身份：知识分子、外文翻译

剧中年龄：28—32岁

时间跨度：1957—1961年

家庭背景：从剧本交代的材料看，耿绍明生长于1930年代，父亲是民国时期的知识分子，曾做过小官吏，后又在学堂当先生（即教师），1949年后在图书馆当管理员，是古籍管理方面的专家，工作勤勤恳恳，看似胆小怕事，实际耿直狷介；母亲是小家碧玉，原是家庭妇女，现在街道小工厂做工，知书达理，聪慧温婉，爱丈夫、爱子女，并把这种爱看得至高无上。由此可见，耿绍明少年时就应受到父母在各个方面的影响，并有很好的家教——现在有个流行的说法，孩子一般会从父亲身上遗传品格，而从母亲身上遗传智力。

除了父母，耿绍明还有一弟一妹，他们对他影响不大，故不详述。

人物简历：

1930—1935年，是耿绍明的童年时代（略）；

1936年（7岁）上学读书，并从父亲习字（学习书法），听母亲讲故事，日常表现时而乖巧，时而顽皮，总体上聪明好学；

1942年（13岁）高小毕业，升入中学，当时国内战乱频仍，时局动荡，课业几度中断，他幼小的心灵里，产生了救国图强的思想；

1947年（18岁）考入国统区某大学，学习外国语（英语），思想上有进步倾向，靠近革命组织；

1949年，新中国成立，他主动参加了学校的护校队，又迎接解放军入城，后留在学校继续读书，直至毕业；

1951年，他22岁，参加了工作，被留在本校当教师，初做辅导员，后到教研室做助教，业余时间搞些外国文学作品翻译，翻译对象主要是西方古典文学及进步文学，在做辅导员期间，因为工作热情高，关心学生，能跟学生打成一片，再加上自身的一些因素，比如修养好、有才华、性格率真、长相清秀等，而深得学生喜爱；

1954年,他首次发表译著,并产生反响,以后译作迭出,还不断发表研究文章,名声日隆,引人关注;

26岁那年(1955年),他开始谈恋爱,这是他人生中的第一场恋爱,对象是本市一本文学刊物的女编辑兼女诗人,笔名红缨(剧中也叫红缨),年轻美丽(只有22岁),热情似火,皮肤白皙,嗓音甜美,这场恋爱对他影响极大,刻骨铭心,不能自拔;

1957年,在他28岁时,被学校定为"中右",并被派到省内一个林场参加劳动,改造思想,1961年因病死去。

小传是我从剧本提供的材料中,包括人物对话等,一点一滴地整理出来的。通过整理人物小传,可以让我对人物的来龙去脉,包括性格特征等等,有一个更加全面的了解,演绎的时候可以更好地把握。导演提出这个要求,目的就在于此。我乐于这样做,目的也在于此。要知道,对于一部好作品来说,里面的人物绝不仅仅是个姓名,更不仅仅是个符号。那就是一个活生生的人。他有血有肉,有呼吸,有体温,有他自己的气味和气息,有他自己的习惯性小动作,身体上有汗毛,还有头皮屑……我们必须尊重他,就像我们要求别人尊重我们自己一样。

现在说下影片的故事——

顺便说一句,这是一部由诸多梦境和回忆组成的影片。

故事是从 1957 年开始的。

这一年的某一天,晚上,影片的主人公耿绍明在做梦。这是一个断断续续的梦。他首先梦见了女朋友红缨。在梦里,他正跟红缨在散步。他们肩并着肩,慢慢走在一条郁郁葱葱的林荫路上。路上筛满了阳光的碎影。这一定是一条他们常走的路!梦里的红缨是那么清纯,天生丽质,面带娇羞,犹如一个美丽天使。她身穿天蓝色连衣裙,细长的双臂时而垂在身边,轻轻摆动,时而握在一起,放在身前。耿绍明则一身白衣白裤,双手插在裤兜,样子轻松自在,就像一个王子。他们轻声细语,边走边谈。他们都甜蜜地微笑着,看上去那么幸福,那么温馨,心心相印……可就在这时,天空骤暗,电闪雷鸣,一阵狂风呼啸而来。待狂风过后,已不见了红缨。霎时间,空旷的林荫路上,只剩下了他自己。他形单影只,茕茕孑立,丧魂落魄,叫天天不应,唤地地不灵。

接着他来到了一间会议室,光线昏暗,一大帮人正在开会。大家围坐在一张会议桌前,有人在吸烟,有人在喝水,有人在发言。大概因为在梦里吧,人们都有点儿变形。无论脸,无论手,无论眼睛,无论嘴巴,无论鼻子,都变得不像原来的样子了——有的变得特别大,有的又变得特别小,有的变得特别宽,有的变得特别窄。有时候,某个人的嘴,会变成一个空洞的隧道，某个人的眼睛，会变成一只发光的灯泡。包括人们的说话声，也是变形的。嗡嗡嗡，嗡嗡嗡，有的声音特别小，就像蚊子叫，有的声音特别大，就像雨天打响雷。他刚到门口，人们就把目光向他射来（仿佛一支支利箭）。而且，几乎与此同时，说话的声音也马上清晰起来。这时候，有一个声音在对他说，你思想不健康，热衷于追求资产阶级的生活方式，比方说，你那么喜欢喝咖啡。紧接着，另一个声音又对他说，你散布资产阶级言论，鼓吹人性论，为万恶的资本主义评功摆好。再往下，还有一个声音对他说，你在行为上追求自由主义，迟到早退，目无组织，目无领导……

这是一个好长的梦，这也是个让人不安的梦。因为做梦，他的身体不断地抽搐着，身上脸上出了好多的汗。

（以上是影片的开头。）

后来他醒了，回到了现实中……

第二天一早，耿绍明到单位上班。一进办公楼的大门，就看见很多的大字报，门厅里，走廊上，楼梯旁，白纸黑字，一张挨一张，简直铺天盖地，每一张上都有他的名字。他顿时又惊又恐，眼前一黑，险些跌倒，摇晃了几下，才勉强站住……

记得我一两年之前看过一篇散文，作家汪曾祺写的（汪老的文章写得特别好，太好啦！），名叫《随遇而安》，写得很实在，又很平和，感觉不温不火的，我至今还有印象，里面有这么一段：

一天（我这人很糊涂，不记日记，许多事都记不准时间），我照常去上班，一上楼梯，过道里贴满了围攻我的大字报。要拔掉编辑部的"白旗"，措辞很激烈，已经出现"右派"字样。我顿时傻了。

大字报决定了汪先生的命运。

也决定了耿绍明的命运。

那以后没几天，耿绍明就扛着一个庞大的行李，在一位干部的"陪伴"下，离开大学，离开城市，离开他所熟悉的一切，先坐火车，又坐汽车，再坐拖拉机，最后来到了一个遥远陌生的地方——时代林场——接受劳动改造。

临走之前，他最想见一见红缨。但非常可惜，他没有见到。他是在一天下午接到通知的。一接到通知，他就开始四处找她，从下午到晚上，以及第二天早晨，一直在找。她的住处、单位、他和她以前常去的地方，他都去了（而且不止一次）。他心急如焚，东奔西跑，气喘吁吁，汗流浃背，问人皆言不知，就好像她从人间蒸发了。直到最后一刻，他才突然意识到，她这是在躲避他，不想见他。他同时意识到，他被抛弃了，或者换一个说法，他被背叛了。他绝望，痛苦，但是无可奈何（几年之后，他才听人说，她跟了另外一个人，一个有权势的人，一个文化官员。同时她也出了名，差不多大红大紫，到哪儿都前呼后拥的，变成了著名女诗人，经常参加各种会议，给文学爱好者做讲座，讲创作经验，讲写诗的技巧。——

当然，这是后话了）。

耿绍明来到林场，开始了另外一种生活。

林场位于大山深处，场部隐藏在一个山谷里，有一个带围墙的大院，内有几幢红砖房，此外还有家属区，就像一个小镇。

耿绍明被安排住在场部旁边的一间平常的宿舍里，自此就在这儿扎了根，直到他因病去世（没有抢救过来），前后共5年时间。5年里，工人们干啥他就跟着干啥，或者说，领导分派他干啥他就去干啥——伐树就跟着伐树，育林就跟着育林，割草就跟着割草，搞基建就跟着搞基建。刚来没几天，整个人就变了样子，变得不像原来的他了。他变得邋里邋遢。变得目光呆滞。变得沉默寡言。变得小心翼翼，逆来顺受。变得人不人，鬼不鬼，就像个傻子。不用说，他还没有适应这里的生活。而实际情况是，这段时间，他的内心充满了痛苦。他孤独，他恐惧，他无助……

不过他的精神还没有麻木。也正因为如此，在那段时间里，他的梦便特别多。每天晚上，他都会做梦。似乎可以说，他就生活在梦里；也可以说，通过梦，可以看到他的另一种生活。他的梦五花八门。有时候，他会梦见小时候的事，梦见爸爸妈妈；有时候，他会梦见红缨，梦见他们在一起的欢乐生活；有时候，他会梦见他工作的学校，梦见学校的大门、操场、图书馆、林荫路、教学楼、会议室，半明半暗的；有一次，他还梦见了在会议室开会的情景，梦见自己慷慨激昂，给校领导和系领导提意见，梦见他们用很诚恳的眼睛看着他说：

"你提的意见非常好,我们一定认真研究,有则改之,无则加勉……"有时候,他也做一些奇怪的梦,很荒诞,很吓人:或者他被一只猛虎追赶马上就要追上了,或者他掉进了泥沼无法自拔越陷越深,或者是房子失火他被困在里头眼睛看着房门可就是跑不出去……每做这样的梦,他都会特别惊恐,拼命挣扎,大汗淋漓……最后,尖叫着醒过来。然后,心有余悸地躺在那里,恍若隔世。

后来他与工人们熟悉了,情况略有改变。但是他依然沉默。他不知道自己还能不能回去。不过他的内心已经不抱希望,做好了在此终其一生的准备。他没想到要自救,换句话说,他没有产生过自救的企图。他没有为了自救而刻意去做什么,也没有给上级和校方写过申诉信。他始终是本色的。他"我行我素"。他不是在抗争,只是在活着。他曾经自慰。

他曾经喜欢过一个小女孩,是林场某个职工的女儿,只有十几岁,白净,高挑,结实(就像一只小鹿),端庄,清纯,活泼。也许可以说,这是他见到过的人世间最美的小女孩。

他是偶然间见到她的。

那是一个雨后初霁的傍晚,阳光透过多彩的云层,照耀着山野和镇街。那会儿的光线非常地柔和,又非常地明媚。当时他刚从工作场所返回住处,在打开房门的瞬间,忽然感到不远处有什么声息,他略带迟疑地回过头,便看见了正从街上走过来又走过去的她。那会儿,他们相距只有不到20米远。她的容貌、衣着、走路的姿态,以及白皙的颈项、挺直的背脊、微翘的臀部、修长的双腿，他都看得清清楚楚。他顿时屏住呼吸，随即心头一阵颤动。他被震撼了，震撼于她的美丽、她的清奇、她的洁净。在他眼里，她简直就是人间的天使，是人世间最最美丽的天使！

自那以后，他便四处寻找她的踪影，总想看见她。但是他没有任何邪念，一丝丝的邪念都没有。一旦发现了她，他便会远远地站在一边，看上一会儿，欣赏一会儿。他甚至没有跟她说过话，半句话都没说过，一个字都没说过。自始至终，他都不知道她的姓名，也不知道她是谁家的。

后来他（耿绍明）就死了。他死于一场流行性感冒。开始的时候，他只是发烧，咳嗽，流鼻涕。他没有当回事，吃了一点儿药。别人也没有当回事。可是有一天，他没有来上工，有工友来找他，才发现他躺在床上，已经死了。

死后，人们把他埋在了林间的一块空地上。每当月亮升起的时候，会有一片薄纱一样的月光，轻轻地、静静地笼罩着他的坟墓。——我猜，影片的名字可能就是这么来的。让人感觉好美、好有意境啊！

再后来，在很多年之后的后来，一个中老年女干部——肥胖、庸俗、一本正经、矫揉造作——来林场视察，在途经耿绍明坟墓时，随口问陪同她的人："听说以前有个'右派'在你们这儿待过，是吗？"陪同的人说："是的是的。后来他得了流感，死在这儿了……瞧，这就是他的坟……"说话的同时指了一下荒草丛生的耿绍明的墓。女干部怔了一下，随即脸色一沉,没再说话。

这个女干部就是红缨。这也是红缨的形象第一次以现实的方式出现在影片里(以前都是在耿绍明的梦境里出现的)。

以上就是这部电影的主要情节。

我要说的是,这是一部让人心痛的电影。

另外,这不是一部传奇风格的电影,这是一部记录历史的电影。历史刻录在人的心灵上,不应被忘记,也不会被忘记。

4月10日

《林间月光》今天开机。

作为男主的扮演者,我在开机仪式上讲了话。我说我要尽我最大的努力演好耿绍明这个人物,我也有信心演好这个人物。我说我相信这是一部好电影。我还说,我以前也看过一些同类题材的影片,若从剧本看,我们这一部可能是最好的。好就好在,这不是一部庸俗的电影,而是一部有思考、有深度的电影,也是一部有风格、有特色的电影,是一部直指人心的电影。我说的是真心话。我还说,我希望这部电影成为我演艺生涯的代表作,我希望可以凭借这部电影"大红大紫"!

呵呵。

好了,因为明天可能很忙很累,所以不多写了。

打住。

编者考证（5）——

资料证实，在上述这个时间段内，孟千夫确实只完成了两部作品，一部是他手记中提到的那个关于农民的短片，但是这种类型的片子并不是为了在电影院上映而拍的，正如他在手记中所写的，这是一些年轻导演为了展示自己的才华，同时表达自己的思考，用很小的投资拍出来，专门去参加国际上的各种电影节的。因此，国内的报刊（现在叫媒体）没有任何的报道和介绍，一个字都没有。令人遗憾的是，在那个电影节上，这部短片也没有得奖。我所查到的唯一一点儿与这部短片相关的信息，是该片的导演（如今已颇有些名气了）在一次接受采访时，充满感慨地提到了他的这部"幼稚"的处女作，还满怀敬意地提到了孟千夫，对他的表演大加赞赏，也对他的无私帮助表达了真诚的谢意。

关于那部流产的电影，我也设法查了一下，媒体同样没留下只言片语。后来我去找孟千夫在他的笔记里提到的那本书，即《公元1946—1948：东北嫩江省乡间恶性事件采访录》，总算找到了。并通过大当网购买了一本，马上就读了（重点读了孟千夫笔记中提到的那一篇）。读后的感觉，比较震憾。这本书，也填补了我个人头脑中有关那段历史的空白点。并使我惭愧地意识到，尽管我们已经足够努力和刻苦了，但因为精力（或经历）有限，在这个世界上，还有很多事情，很多很多的事情，我们尚不了解或无法了解，或仅仅是一知半解。而且，每个人都是如此（我想大概谁也不敢说，他已尽知天下事了）。这当中，似乎既有我们主观上的原因（比如，我们压根儿就不曾接触到），也有客观上的原因（有的我们无法接触到）。另外还有一些事情，则是被我们遗忘和忽略了。不同之处在于：有的是我们无意间遗忘和忽略的，有的却是我们故意遗忘和忽略的。而有些事情，恰恰又是最不应该被遗忘和被忽略的。

正如我的一位教授朋友徐肖楠先生在他所写的一篇评论文章中所阐释的那样（那篇文章的题目叫作：《从传说到沉思：重述传说的叙事期望与历史意味》），人类历史是由人类的记忆所塑造的，而人类的记忆是反抗遗忘与故意遗忘同时发生的。就是说，人们一边挖掘、恢复和发扬某些记忆，一边又在埋葬、遮蔽和抑制某些记忆。而决定这一切的，则是现实的需要。或者也可以说，很多遗忘可能都是故意的，是经过选择的。通常而言，被人们选择遗忘和遮蔽的，一定都是不利于自己的事物，而被选择记住并且还要发扬的，一定都是有利于自己的事物。——当然，这些都是题外话了。

另一部则是《林间月光》。

不出所料，影片《林间月光》获得了相当大的成功，许多影视界的人士，包括一些很有名气的导演和演员，一些媒体，一些当年非常活跃的影评人，都做出了很正面的评价，有几位专门做电影研究的著名评论家，也纷纷在报纸副刊和文艺评论刊物上发表文章，对影片进行了多方面、多角度的评论、解读、分析、探讨和研究，有一大多半文章认为，这是一部无论在思想内涵上，还是在艺术表现上，都有所突破的好电影。尤其在艺术表现上，影片进行了大胆的探索和有益的尝试，从而使得影片非常有意境，整体风格既凝练又厚重，在色调、构图和调度等等方面，都极具自己的特色，都极有匠心，不同于以往相同题材的影片。

影片的票房也不错，进入了那一年票房榜的前十。对此，该片的导演似乎颇感意外，在对他的访谈中屡次提到了观众的欣赏水平问题，表达了大大的赞赏，感觉广大观众的欣赏水平真的有了极大的提高，很多人都变得勤于思考了（否则不会接受他这样的电影），也变得能够接受不同的美学观念了，同时，思维模式也不再那么僵化和固执，不再那么简单化（或单一化）了。但不得不说的是，与同年度的另外一些影片的票房相比，这部片子（亦即《林间月光》）还差得相当远。比如那些武打片、武侠片、功夫片、喜剧片、闹剧片、惊险片、侦探片、悬疑片、玄幻片、神怪片、心灵鸡汤片、动画片、歌舞片等等。说不上什么原因，这样的片子，票房往往会更好。由此可见，对于大多数观众来说，可能还是简单易懂一点儿的比较好。

在那些影评文章中，有很多篇提到了孟千夫的表演，在一些报纸的宣传文章中，也都提到了这一点。几乎所有的文章，都对他的表演给予了充分的肯定。文章从多个角度、多个侧面，用了很多很专业的术语，分析和评价了他的表演，比如细腻啊、灵动啊、准确啊、独特啊、心理依据啊等等。其中很多文章，都特别强调了"独特"这一点，认为他的表演，包括他以前的一些作品，都是独特的，是在其他演员身上看不到，也无法看到的。认为这种独特非常之可贵，也非常之难得，甚至有文章说，单凭这一部《林间月光》，孟千夫就可以"封神"了。因为，在这部影片之后，他就已经不再是一个普通的演员，而晋级为一位表演艺术家了。

当然，这部影片也确实给孟千夫带来了一些荣誉，让他获得了几个表演奖，还获得了一个国外电影节的最佳男主角奖（影片本身也获得了这个电影节的最佳影片奖）。他的演艺事业，也从此进入了高潮期。

顺便说一下，就在完成《林间月光》之后不久，大概三个月吧，有媒体再次爆出了一则孟千夫的绯闻。绯闻的对象，就是那位扮演"林场职工女儿"的宛若一只小鹿（白净、高挑、结实）的美女小演员，并且附上了一张两个人一起聊天儿的照片（后证实，那是他们在影片拍摄期间的工作照）。

应该说，这则绯闻影响不小。

关键一点是，它充分地调动了人们本来就十分丰富的对于某种趣味的超级强大的爱好和想象力，所以一时沸沸扬扬。但对这件事，两位当事人却没做出任何回应。所以，后来事情也就慢慢地淡去了。也就是说，此事是一直没有被证实的。在孟千夫的笔记里，我也看到了他对这件事情所做的很少的一点儿记录。或者说，他仅仅发了几句牢骚（不过依我看，倒不仅仅是牢骚）。比较重要的是，那位"林场职工的女儿"后来并未进入演艺界，而是考入了一所著名的语言大学，学习法语及法国现当代文学，之后又考取了该校的硕士学位的研究生。

《饥饿记忆》——

××年7月2日晚

今天刚刚杀青了一部新片子《饥饿记忆》，有一些新的感受和感悟，需整理一下，记录下来。这个片子，跟我以往拍过的影片都不一样，确实值得我认真仔细地思考一下，需要总结一下。

用一个新词儿来说，这是一部探索性的影片。因此，整个儿脱离或超越了我们以往对电影的固有的认识，与我们之前在电影院里所看到的那些影片是两种全然不同的感觉。影片基本上没有故事，也就是没有情节（或者说情节非常之淡），也没有人物（准确地说，是没有去塑造和刻画人物，甚至没有表现人物，影片里所有的人物都仅仅是一个符号，或者说是一个影子）。

整个影片所呈现出来的，就是有四个人（二男二女，年龄不一），在一个封闭的房间里，大家围坐在一张木制方桌的四周（桌上时而放着几只水杯，时而什么都不放，时而又放了很多的食物，以此来表现时间的变化），在那儿轮番儿地、不停不休地、不间断地说话。而且，按照导演的意思，还要求演员们尽量"神情木然"，克制表演的欲望，减少表演的痕迹，或者干脆零表演。导演还一脸严肃地跟大家强调说："我们一定要相信平静的力量，相信不动声色的力量……"

更加奇葩的是，四个人还身穿不同时代的衣服。有传统服装（即古人的服装），也有现代服装（现代服装又分为民国时期服装和新中国后的服装）。四人当中，有两人（一男一女）穿着古代服装，其中一男穿的是汉代服装，一女穿的是明代的服装。另外两人（也是一男一女），则穿着现代的服装，其中一女穿民国时期的服装（看上去应该是上世纪 40 年代的），一男（由我来扮演）则穿的是新中国以后的服装（看起来似乎是 50 年代末到 60 年代初那个时间段的）。

实际上，他们身上的衣服就标识他们所处的时代。也就是说，这四个人，他们一个是汉代的，一个是明代的，一个是民国时期的，一个是新中国之后的。而他们之所以能够坐在一起说话，那是因为，他们都已经死了（或者换个说法，他们都是死人了），坐在这里说话的，乃是他们的魂儿。也就是说，现在我们所扮演的，都是死人的魂儿，都是死人的幻影。所以，到了影片的最后，包括我在内的这四个人，都"噗嗤"一声，瞬间就变成了碎片，变成了青烟，无影无踪，灰飞烟灭。

在影片里，这四个人，一直在那儿说啊说啊，你说完了轮到我，我说完了轮到他。每个人都絮絮叨叨，琐琐碎碎，枯燥乏味，毫无逻辑，毫无条理，毫无联系，乍听时完全不知所云，但听着听着，却也渐渐地听出了些许的眉目（当然，所有的话都是编剧写好了印在剧本上的。这个自不必说。不过，导演也明确地跟每个演员表示，如果我们觉得必要，或者觉得原来的台词有欠缺，觉得不那么顺口，或者自己觉得有了什么新的发现和新的感悟，则可以自行改动并任意发挥）……

剧中人物所说的，主要（或基本上）都是关于饥饿的话。

说的是关于饥饿的记忆、关于饥饿的感受和感觉（十分细微的感觉），以及由饥饿所引起的心慌、心悸、恐惧、无助、无力、无感、失望、绝望、悲痛、悲哀、麻痹、麻木、虚弱、虚脱、虚幻等等生理以及心理上的种种反应。所讲之事，也会涉及一些往事、一些非常具体的事、一些细节——也正是这些细节，才让人有了特别真切的感受，有了切肤之感、切肤之痛，亦会让人产生错觉，仿佛那就是你本人的亲身经历……

在演员们大段大段地说话儿的同时，影片也辅以（或穿插了）一些回忆性的片段，或一些零散的画面。而这些，其实就是"说话"的补充（当然，这只是我个人的看法）。

以上，大概就是这部影片的风格和样式了。正如我在前面所说的，它确实是一部探索性的影片，也确实超越了我们对于电影的固有的认识（不过，若说我们对这类电影完全陌生，压根儿就不理解，那也不尽然。起码我自己，不论是由于职业的要求，还是由于个人的好奇心，对于这种先锋性的电影，还是有所了解的，只是没有那么深透而已，但至少我是看过的，而且看了不止一部两部，也不止三部四部）。

单就我们这部影片而言，我个人的感觉是：它一方面是探索性的，或说是先锋性的，但另一方面，它其实又是简单的，是不难理解的。——我由此想道：在先锋或探索与简单之间，是不是存在着某种内在的联系呢？或者换句话说，所谓先锋，会否就是在追求一种极端的表现呢？当然，我必须老老实实承认，对我这个半瓶水而言，这个问题还是过于深奥了，我可能还是不要再胡说八道了才好（也许这才是明智的做法吧）。那就等我想好了、想清楚了、想明白了再说哈。

不管怎么说吧，有一点我是做到了的，那就是：我完全理解了导演的意图（作为一名演员，这是最起码的要求）。而且，我也非常愿意配合导演完成他的探索。可能我天生就是这样一个人吧，我对所有新鲜、奇特、不一样的东西，永远都充满了激情，对一切带有探索意味的或者探险意味的东西，永远都充满了好奇，充满了渴望。我渴望实现，也渴望得到。所以——这话现在可以说了哦——我对自己在这部影片中的表现还是比较满意的（不敢说特别满意）。

我粗略回想了一下，在我拍过的所有电影中，直到目前为止，这也是我说台词说得最多的一个角色。在整个拍摄的过程中，我一直就在那儿说啊说，说啊说，直说得口干舌燥（别的演员也跟我一样，说啊说，说啊说）。但是，最最关键和重要的一点是：我这次说得特别过瘾！就别提有多过瘾了！而且越说越过瘾。我丝毫也没感觉到台词本身的那种絮叨、琐碎、枯燥、乏味等。在整个说台词的过程中，我的感觉一直都处于非常饱满、非常充沛、非常亢奋的状态！

而且，正是在说台词的过程中，我才渐渐感觉到，或者发现了，或者意识到了这些台词写得多么好、多么朴素，朴素却有力量（也逐渐体会到了这些台词的微妙之处，也感觉到了作者的文字功力）。我同时认为，它的力量可能正是来自朴素！

或者换一个说法：朴素即力量！

当然，我也按照导演的意思，也是出于我个人的说话习惯，主要还是为了把台词说得更加顺溜儿，也更有韵味，更加特别，更有表现力，对原来的台词做了一些小小的修改，个别地方也随意地发挥了一下下。但那肯定是"无伤大雅"的，那只是一种技术上的处理，不会影响大局。

下面我抄一段剧本吧，证明我所言不虚——

女一：（明代民妇装扮。年龄30岁左右，形容消瘦，有气无力，但面容姣好。她瞥了一眼左手边的男二）唉，妾身已疲累得很了，现得喘口气儿。这会儿该您老讲了，您老就接续着吧……

男二：（70余岁，汉代农人装扮，骨瘦如柴。他先瞥了一眼女一，又瞥了一眼女二，之后，嗓音细细地对女二）鄙人腹中有一股闲气，正在肠内上下窜动，需容老夫放将出来，再说不迟，现你讲吧……

女二：（60余岁，身着民国时期服装，面色蜡黄，容貌粗陋，双眼直瞪瞪看着坐在对面的男一，口气强硬地）为啥就得我讲呢？这讲话也要费力气的！到了关键的时候，你少讲一句话，也许就能多活大半晌……（随即把脸转向男一）这里边儿你最年轻了，你得（读děi）多讲点儿。你要是多讲点儿，我们就能少讲点儿……你讲、你讲！

男一：（40岁上下，身穿60年代初期大多数农民都穿的蓝布褂,留着当时的发型,且头发上满是尘土。先是摇了摇头,然后龇牙一笑,声音很低地)好吧,我这会儿还有些力气,那就我讲吧……要我看呢,挨饿它就是个"魔"。饿的时候,它能让你发疯,让你想用头撞墙,想在地上打滚儿,想用手薅自个儿的头发……你先是觉得肚子里边空得很,空得就像个大场院儿,能在里头跑马车呢。你还觉得总有个东西,在胃袋子里头一扯一扯的,不知道它在扯巴啥。你不光觉得胃袋子空,那肠子里头也空空的……而且你能明明白白地感觉到那里头的空……那空得根本就啥都没有了,你明明知道啥都没有了,连黏液都没有了……你觉得胃袋子早就抽巴到一块堆儿、抽巴成一个团儿了。你觉得那肠子就像一根儿高粱秆儿,光溜溜的……这当口儿,你眼睛不论看到啥,都要想它能不能吃,能不能变个法儿吃。你看见一个甲虫,也要捉住吃了。你看见一个虱子,也要吃了。至于老鼠啊、兔子啊、老鼠崽子啊,那早就叫人吃光光了……反正你不管看见了啥,就想填到肚子里……你心里头还一猛儿一猛儿地想,要不我把脚掌剁下来,烀巴烀巴啃吃一顿吧……这饿得也太难受啦!特别是那开始的时候,那饿感特别特别地强烈,也特别特别地难受,但随着时间的推移,这种感觉会稍稍减退一点儿……这是因为,你现在的力气越来越少了,你的脑子也一点儿一点儿地迟钝了,你的眼睛也慢慢地抹搭了,你的胳膊腿儿都越来越重了,重得都挪动不了了,你就不那么难受了,好像也不那么饿了……到终了(读 liǎo),你可能还会做一个梦,会梦见一屉刚出锅的热气腾腾的白面大馒头,上头冒着热乎气儿,在不远处摆着。你就一心想要拿一个吃,可你就是够不着,怎么着都够不着,死活都够不着。你心里就急呀,你还会"哇哇"地叫,可你叫又叫不出来声儿。接下来,你的梦就断了,不是断了,是没有了,完完全全没有了,因为你死了!我就是那年饿死的……也就在那一年,在我们村子,饿死了一半多的人。当中有些是老年人,还有一些是小孩子,还有一些中年人……特别是小孩子,我觉得好凄惨,都不忍心说了。一岁、两岁的,三岁、四岁的,四岁、五岁的,一个个都皮包骨头,到最后,哭都哭不出声儿了,就在那儿"呼哒呼哒"地捯气儿。要说起来,他们可是最没用的,也是最弱小的,要死只能他们先死。在我们那旮儿,还有个习俗,太小的小孩子死了是不能埋的,要用火烧,烧焦后就扔在野地里,烧得黑乎乎的。有些死掉的孩子,就这样烧了。可烧的时候,会有肉香味……所以就那啥……那啥吧……;还有被旁人闻到了那味儿的……就给捡走了……接着就那啥……;总之……总之吧……这个话儿,我是真的不忍心往下说啦！我也实在是说不出口了！那当然，人都不是一天两天饿死的，要饿上好一阵子呢，反正要慢慢地消耗，慢慢地熬……因为虽说没有了粮食，还可以找到其他的替代品，比方草籽、树皮、麦麸、谷糠、玉米芯、荞麦皮、草根（要先把它们炒焦干了，再磨成面，然后煮糊糊儿）。等到把所有能吃的都吃完了、吃光了，再也找不到任何可以入口的东西了，人也就熬干了，啥啥都熬干了，不光血熬干了，水也熬干了，是彻彻底底地熬干了，连气儿都喘不动了，人就不行了，就完蛋了……我们那年就是这样的。说起那一年呢，还是从秋天开始的……那年的年景儿还凑合吧，一秋收就立马上交了征购粮……那会儿全村人还都在一块堆儿吃饭的，粮食就也聚拢到一块堆儿了，个人家里都不兴存粮食，存粮就是犯错误。大家伙儿也都听话得很，说不存就不存……开头一阵子还行的，吃肉啊，吃大米饭啊，吃白面大馒头啊，不过谁也没想到，吃着吃着就不行了，说把东西全都给吃光了，就让大伙儿回家吃饭了。可是家家儿早都没有一粒粮食了啊，那吃啥呢？……我们真正挨饿，也就是从那会儿开始的……

就如我在前边所讲的，我确实认为这个剧本写得好。主要是台词，写得那么朴素，又那么生动，还特别准确（包括其他几个人的台词,也写得特别精彩)。这使我想到了一个问题:写这个剧本的作家,他一定是曾经被狠狠地饿过的(后来我有机会跟他面对面地谈起过这件事,得到了他的证实)。

顺便说一下,为了深刻体会饥饿的感觉,我也让自己"饥饿"了一次。我把自己饿了三天两夜。几天当中没吃一口饭,只喝了一点儿水。我自觉找到了那种感觉,那种无边无际的"空",那种"瘪",那种强烈的无力感,那种迟钝,那种"抹搭"感,那种看见了什么都想塞进嘴巴的疯狂感……

另外,在准备角色期间,我还专门就剧本涉及的内容,去查了一下资料(这是我的一贯做法),得知:在我国的历史上,在汉代、明代和民国时期,都发生过规模很大的饥荒,饿死了非常多的人。

这其中,汉代的饥荒发生在西汉初年,"气候湿冷,五谷不熟,庄稼不收",因饥饿而死者达数百万,甚至出现了人吃人的惨剧,汉高祖刘邦还"违心"地批准了一项允许出卖儿童的法令。

而在明代崇祯年间,甚至有过连续十几年遭受大饥荒的记载。当时有个名叫马懋才的官员,曾经写了一篇文章叫《备陈大饥疏》(文见《明季北略》卷五),记载了当年的灾情,如下:

> 臣乡延安府,自去岁一年无雨,草木枯焦。八九月间,民争采山间蓬草而食,其粒类糠皮,其味苦

而涩，食之仅可延以不死。至十月以后而蓬尽矣，则剥树皮而食。诸树惟榆树差善，杂他树皮以为食，亦可稍缓其死。迨年终而树皮又尽矣，则又掘山中石块而食。其石名青叶，味腥而腻，少食辄饱，不数日则腹胀下坠而死。民有不甘于食石以死者始相聚为盗，而一二稍有积贮之民遂为所劫，而抢掠无遗矣。有司亦不能禁治。间有获者亦恬不知畏，且曰："死于饥与死于盗等耳，与其坐而饥死，何若为盗而死，犹得为饱鬼也。"

最可悯者，如安塞城西有粪场一处，每晨必弃二三婴儿于其中，有涕泣者，有叫号者，有呼其父母者，有食其粪土者。至次晨则所弃之子已无一生，而又有弃之者矣。

更可异者，童穉辈及独行者一出城外，更无踪影。后见门外之人炊人骨以为薪，煮人肉以为食，始知前之人皆为其所食。而食人之人亦不数日面目赤肿，内发燥热而死矣。于是，死者枕藉，臭气熏天。县城外掘数坑，每坑可容数百人，用以掩其遗骸。臣来之时，已满三坑有余，而数里以外不及掩者又不知其几矣。小县如此，大县可知，一处如此，他处可知……

然臣犹有说焉。国初每十户编为一甲，十甲编为一里。今之里甲寥落，户口萧条，已不复如其初矣。况当九死一生之际，即不蠲不减，民亦有呼之而不应者。官司束于功令之严,不得不严为催科。如一户止有一二人,势必令此一二人而赔一户之钱粮;一甲止有一二户,势必令此一二户而赔一甲之钱粮。等而上之,一里一县无不皆然。则见在之民止有抱恨而逃,飘流异地,栖泊无依,恒产既亡,怀资易尽,梦断乡关之路,魂消沟壑之填,又安得不相率而为盗者乎!此处逃亡于彼,彼处复逃之于此,转相逃则转相为盗。此盗之所以遍秦中也。

在一份资料上,我还查到了民国期间发生的几次大饥荒。诸如:1920—1921年的华北四省大饥荒(死1000余万人);1925年的川黔湘鄂赣大饥荒(死人数不详);1928—1930年的北方八省大饥荒(死1300余万人);1931年的长江水灾大饥荒(死300余万人);1934年的全国性大旱灾(死600万人);1936—1937年的川甘大饥荒(死人数不详);1941年的广东大饥荒(死人数不详);1942年的中原大饥荒(仅河南一省就死300万人);1943年的广东大饥荒(死300万人);1945年的东北及湖南、河南、江西、山东、浙江、福建、山西、广东、安徽、广西大饥荒(死人数不详);1946—1947年的南方大饥荒(仅粤桂湘三省就饿死1750万人)……

太悲惨了,是不是?

《贪官秘史》——

9月17日

真没想到今年的片约这么多,刚刚拍完一部《饥饿记忆》,另一个剧组就找上门来,让我上他们的戏。——干我们这一行的,也就是这个命了,从这个剧组奔向另一个剧组,一年到头就这样串来串去,没几天消停日子过。说实话,我还真有点儿厌倦了,可是又有什么办法呢?

唉,不说这些了,还是言归正传吧。

这次他们打算让我扮演一个腐败分子,也就是人们所说的贪官。我已经仔细看过一遍剧本,主要表现一个官员如何走上贪污腐败道路的犯罪历程,客观地说,艺术上没多少可以称道的地方,跟一些好电影没法儿比,不在一个"量级"上。不过它的现实感比较强,属于针砭时弊的作品吧,从这一点上来说,还是有可取之处的。

以前就总是听人说,如今"贪腐"现象是多么多么严重,不过听则听矣,内心并没有太多关注,心里总觉得那不关我的事。这次因为要扮演这样的角色了,才留意了一下这方面的情况,刚才还上网搜了搜(网络真是个好东西,当年做梦都想不到,我还会赶上这个互联网的时代)。这可真是不搜不知道,一搜吓一跳:现在竟然会有那么多的贪污腐败分子!居然还有省委书记、副书记,还有将军(上将、中将、少将),还有省长、副省长,还有部长、副部长!其余的就不用说了,司长,厅长,局长,处长,科长,县长,乡长,村长。而且,何止一个两个,十个百个,多到让人眼花。贪污的数额还都那么大,有的几百万,有的几千万,有的都过了亿了,还有更离谱的,竟然达到了十几个亿乃至几十个亿,最少最少的,也有十几万、几十万了。

看到那些数字,我都"怀疑人生"了。这也忒夸张了吧?难道是我运气不好,遇上了一个贪官大爆发的时代?就说说他们贪污的那些钱,那得需要我们的农民兄弟、工人兄弟、跑长途的货车司机、在菜市场卖菜的商贩、商场里面的营业员、学校的教师(包括大学教授)、工程师、普通的机关干部……要他们寒寒暑暑、起早贪晚、汗流浃背,这样干几辈子才能挣下来啊?

同时,我也感到非常地困惑。

我第一个不明白的是:他们这是为吗呢?你就说那些"高干"吧,他们坐着公家的车,吃着公家的饭,还拿着高工资,到哪儿都前呼后拥的,好吃好喝好招待(不知道要不要付饭费),不是已经很好了吗?他为啥还要贪呢?而且,他们搞了那么多钱,干吗用呢?我第二个不明白的是:像他们这样恶劣的人,这样一些灵魂肮脏,根本就没有道德良知的社会渣滓,这样一些伪君子,这样一些心术不正、心怀鬼胎的人,是怎么一步步地被保举被提拔上来的呢?社会上那么多好人、有能力的人、有道德的人不被重用,为什么坏人反倒被重用?这些问题都出在哪儿呢?是我们这个社会出了问题吗,还是我们这个民族出了问题?还是我们的文化出了问题?

让人生气的是，在他们没犯事儿的时候，一个个都他妈的人模狗样、气宇轩昂、假谦虚真霸道，可一旦犯了事儿呢，却又百般抵赖、百般狡辩、装疯卖傻、痛哭流涕，其实就为了逃避制裁。妈的这帮狗东西啊！！

我这次扮演的，就是这样一个坏人。

10月28日

影片已经开拍十来天了，我的感觉越来越不好，我指的不是影片，而是我的心情（不能否认，这与影片本身也有密切的关系）。

我扮演的这个家伙，是一个正厅级官员（其实算不上高官）。概括起来，此官有这样一些特点：第一是聪明伶俐，同时又思想浮浅（十分肤浅）；第二是眼观六路，耳听八方，随机应变，巧言令色，见人说人话，见鬼说鬼话，是个十足的势利眼，没有原则，也没有底线；第三是装模作样，表面正经，内心奸猾，工于权术，也善于融会贯通；第四是贪婪成性，占有欲极强；第五是非常注重自己的仪表，衣服总是干净整洁，头发一丝不乱；第六是喜欢年轻好看的女性。

剧本交代，他的老家在一个县城，父母亲都曾经是县政府的职员（父亲是正科级，母亲是副科级，均已退休），高中后考上了省里某大学的中文系，大学期间还当了团委书记及学生会干部，毕业时恰好一个大机关来学校选人，选中了他（当时大学还在实行毕业分配制度），开始给领导当秘书（当然领导会有好多个秘书，他只是其中之一），先从小秘做起，逐渐做成了大秘。

按照不成文的惯例，凡领导的秘书，在领导身边历练了几年之后，只要其间没出大的问题，日后都会被安排出来担任重要职务。并与其他秘书一起，打着该领导的招牌，成为该领导在各地或各系统及各部门的得力助手，互相抱团，互相照应，互相提携，共同进步，共同发展。所不同的是，有人由于运气好，诸事顺遂，再加上个人能力等因素，会混得好一点儿，有人运气没那么好，又碰巧遇到了一个（或几个）处处跟他作对的人，混得就会差一点儿。这是题外话了。

以上属于背景材料，通过人物间的对话有所提及。

影片直接表现的，还是男主贪污受贿、腐败堕落的过程，以及他在这个过程中所暴露出来的种种恶劣的品行，比如自私，比如贪婪，比如浮浅，比如阴险、恶毒、小聪明、心胸狭窄、自负、嚣张等。剧中，很详实地描写了他贪污受贿的种种细节。表现了他利用手中的权力，通过帮人办事，并利用提拔和调动干部以及单位进人的时机，包括通过审批工程项目等，大量收受贿赂。

总之，只要他帮人办事儿了，就一定要收钱的，半点儿都不含糊。而且事情越大，收钱越多。有趣的是，每次收钱，他还要假装正经，甚至责骂对方，或者轻描淡写，不动声色，就像一个天才的演员，惟妙惟肖。

更滑稽的是，就这样一个垃圾人物，还有个女作家给他写了一篇报告文学（影片里有他接受这个女作家采访的戏份儿），因为得到了好处，故而抛却良知及精神操守，极力为其涂脂抹粉、大唱赞歌，如：写他如何克勤克俭，兢兢业业，辛勤工作，劳苦功高，为了推动当地各项事业的发展，星期六和星期天从来都不休息，最后累病了，不得不住进了医院。——听导演说，这个电影是根据一个真实案例编写的，也就是说，还真有这样的事情哦。

除了贪污受贿，影片还表现了他腐化堕落的一面。在老婆之外，他还有好多的"女朋友"（有十余个之多）。且个顶个儿的貌美如花，光鲜亮丽，当然也各有各的特点和风格。这当中，既有清纯型的，也有娇媚型的，既有淑女型的，也有风骚型的，既有傻白甜，也有心机婊。同时，她们的身份也不一样，有一个是他手下，有一个是电视台的女主持人，有一个是剧团（含歌舞团、杂技团、地方戏剧团）的女演员，有一个是某酒店的女服务员，有一个是精神病医院的女护士，有一个是大学里的青年女教师，有一个是"警花儿"，还有一个是某宣传文化单位的年轻女干部。

当然，所有的那些女人，都通过跟他的关系获得了一定的好处。有人得到了钱，有人得到了车，有人得到了房子，有人得到了权。比方那个手下，被他提拔做了办公室的主任；那个电视台主持人，做了副台长；那个地方戏剧团的演员，做了剧团的团长；那个酒店的服务员，做了税务局的副局长；那个青年教师,做了系主任;那个"警花儿",做了城管局的副局长;那个文化单位的年轻女干部,做了宣传部的副部长。

不过,影片在表现他跟这些女人交往的情景时,还是比较含蓄的,戏份儿也不是很多,应该说,分寸的把握还是比较恰当的(无床戏,也无吻戏)。

(有一天拍戏间隙,导演曾半开玩笑地跟我说,假如有分级制,我们这部片子就有戏了。我看过那家伙的交代材料,讲他跟那些女人的那些事儿。我只能说,这小子太会玩儿了,花样翻新,极富创意……说完哈哈大笑。)

在跟他搞到一起的女人们当中,影片只着重表现了两个人(这点我理解,不可能面面俱到的),一个是地方戏剧团的演员,一个是那个宣传文化单位的年轻女干部。两个人中,又重点表现了那个年轻女干部。下面,我就来讲一下这个女干部。

从剧本看,在这部戏里,这个女干部也是塑造得比较成功的一个人物。关键的一点,是写出了她的丰富性,或者叫多面性。剧本既写了她好的一面,比方聪明、好学、有很强的上进心、性格顽强、不服输等(她是从西部某省高分考上大学的);也写了她不好的一面,比如虚荣心强、嫉妒心强、争强好胜、骄娇二气、爱占小便宜、装模作样、待人不良善、心理比较阴暗、实用主义、斤斤计较、内心薄浅等。

影片基本表现出了他和她走到一起的完整过程,也有意识地在挖掘人性的深度方面做了一些努力。尤其在表现两个人物情感生活这一点上,还是很有想法的。简单地说,影片在处理两个人的这种明显不正当、不道德的情感时，并没有采取简单化、概念化或标签化的方式，也就是说，没有一味地丑化和批判，而是深入到了人物的内心——比方说，两个人后来都动了真情——我认为，这应该算作该片的一个优点。

据我了解到的情况，在真实的生活中，这个年轻女干部最后并没有受到法律的惩处，而是被安排到了一个相对边缘化的社团单位"降职使用"（做了一名副主席）。而之所以会有这样的结果，主要是因为"那个人"保护了她。听他们说，在若干次（无数次）面对各种谈话、各种讯问、各种审查的时候，他始终都在坚持说：在我跟她之间，是我主动的，所以不是她的错儿……

有时候我会想，尽管他（我说的是生活中的他）是个坏家伙，但在这一点上，他的表现还是可以的，主要还是有一点儿人味儿，没有一推六二五，没有提上裤子就不认账，就是说，还没有坏透腔儿。有时候我还想，大概没有谁天生就是个坏人吧（大概也没有谁天生就是个好人），他之所以成了坏人，可能多半还是遇到了某种机会，或得到了某种可行之便（比如体制）。

不过总的来说，我对这部片子还是没有太大的把握。而且，我还很担心这个形象会影响到我作为演员的名誉，也许这是杞人忧天。

今天太累了，就写这么多（此处无标点。编者注。）

最近我总是爱疲倦，不知为啥（此处无标点。编者注。）

编者考证（6）——

关于孟千夫……

我本着负责任的态度，同时也带着个人的一点点好奇心，并经过认真慎重的考虑，决定要见一下那位"林场职工的女儿"。之所以说"带着个人的好奇心"，主要因为这并不是我必须要做的（在这一点上，我还是诚实一些比较好）。

当然了，找到她并不难。我先是通过朋友找到了《林间月光》剧组的制片主任，拿到了她的手机号。之后给她发了一条短信（为了不让她觉得太冒失），做了自我介绍，待她回复后（她说她读过我的作品），又拨通了她的手机。刚开始通话时，她还是平静的，双方客气了几句。但是，当我说到了在孟千夫的笔记本上看到了她的名字时（实际上，我们这会儿才说了两句话），她的嗓音就变了，还明显感觉到她哽咽了一下，并且停顿了几秒钟，才恢复了正常。随后，听她轻声儿说："哦，是吗？"

这之后，我简单地讲了一下事情的来龙去脉，讲了我如何收到了孟千夫寄给我一个笔记本这件事（其间她一直静静地听着，并且轻声儿地回应着）。讲完后，便问她最近方不方便，说我想跟她见个面，仔细聊一聊孟千夫。不过她略想了一下说，看您手机是广州市的，您是要到京城来吗？我说是的，我这几天正好要到京城来出差。她又略略想了想，然后说，她觉得不必了，她说她这段时间事情特别多，也特别忙。不过她提议，我们可以约个大家都方便的时间，进行语音通话。我觉得这样也好，于是相互加了"微信"。并且约好了要在这个星期天的晚上八点，开始通话。

那天七点五十九分，我拨通了她的"语音"。而在此前，我已经拟好了几个我想了解的问题。按照我的预想，那大约半个小时就足够了。可是那一天，我们竟然聊了一个多小时。也就是说，我们聊得非常好。而且，她的声音也非常好听，柔和、清晰、甜美，总之非常动听，又特别亲切。

我问的第一个问题是：我当年看过那部电影《林间月光》，孟千夫主演的，你在里面演了一个小女孩。那是你第一次拍电影吗？当时你多大？

她回答：是的，那是我第一次拍电影，可能也是最后一次。我当年十五岁……

我又问：是怎样选上你的呢？（这个是我临时想起来的问题。）

她回答：类似的问题当年很多记者都问过。当时剧组选演员，到一些学校里边选，也来到了我们学校。他们先拍了一些我们上体育课的录像。几天后，他们又来了一次，又给我个人拍了一些录像，还让我唱了一首歌。然后就问我，愿不愿意来演电影，我说愿意啊，可是要问一下我妈妈……过程就是这样的。

我又问：你当时读过剧本吗？感觉怎么样？能读得懂吧？（这个问题也是临时想起来的。）

她回答：读了。因为我平时就喜欢看书，看过琼瑶的小说，还看过三毛的散文，还偷偷看了《红楼梦》。所以我觉得我读懂了。读的时候很感动,特别是那个耿绍明,我觉得他太可怜了,非常非常地可怜……

我的第二个问题是:在拍摄的过程中,你跟孟千夫相处得怎么样?你觉得他好不好相处?

她回答:我跟孟老师相处得很好。不过,他不太爱搭理人,他也不太爱说话,经常一个人在一边儿坐着,吃饭的时候也是那样儿,如果他先吃完了,也会一脸平静地坐在那儿,等着跟其他人一起离开。所以开始的时候,我并没有太留意他,也没有太深的印象。不过后来情况发生了改变,可能是由于那个人物耿绍明的原因吧,我觉得孟老师也特别地让人同情,觉得他一定心里很苦。在剧组期间,我们实际上并没有多少交流,相互间说的话也不多,见到的时候会点头致意,有时候会做个鬼脸,笑一下,感觉心里很踏实……

我的第三个问题是:在电影《林间月光》拍完后,你们还保持联系吗?

她回答:最初是没有什么联系的,当时我也比较忙,因为要中考,压力比较大。而且那时不像现在,通讯很不方便。我都没有自己的手机。所以我一度以为,我们以后可能不会再有什么联系了,就这样"相忘于江湖"了。而且我一直都没想进入娱乐圈,没想一辈子做演员。我那时候一心一意想读外语系,以后做个翻译家。但是我会偶尔想起他,有的时候,心里会有一点点的忧伤……

我问：就这些吗？

她回答：就这些吧。不过，后来我们也见过几次面。第一次是在两年后，因为《林间月光》获了奖，他们开了一次座谈会，我也参加了，剧组还给买了机票。不知道为什么，当时一看见他坐在那儿，我心里突然痛了一下……（讲到这儿，她停顿了片刻。）但是，那一次，我们仍然没说几句话。见面时，先是他朝我笑了笑，我也朝他笑了笑。座谈会结束后，剧组请大家一起吃饭，我们才聊了聊。记得我说了高考的事，也说了说未来的想法。主要是我在说。但是当时周围太吵了，实际也没说几句话。吃完饭我就离开了，去了机场。再次见到他，就是上了大学之后了……

我的第四个问题是：你知道关于你和他的绯闻吗？你对这件事是怎么想的？

她回答：我知道。那是因为他们拍到我跟孟老师在一起吃饭了。当时，我刚来到京城读大学，安顿下来后，给他打了一个电话。他祝贺了我，说好啊好啊，正好今天有空儿，我们吃个饭吧。然后就赶到了学校这边。不料就被记者碰到了，拍了那么多照片，还登在了报纸上……我知道这就是人们所说的绯闻，所以特别害怕，特别慌张，特别生气，还担心被学校和同学们误解……而且文章里面还用了一些暧昧的、让人浮想联翩的词，实际上完全不是那么回事儿……当时我也问过他，他说不要理它就是了，越描越黑……幸好那会儿网络不像现在这样发达，后来渐渐就淡了……

我的第五个问题是：你能不能告诉我，你对他的情感到底是怎样的？或者直接说，你觉得自己有没有爱过他？

她回答：说实话我自己也不知道我对他是一种什么样的情感，但是我知道对他确实是有情感的，一度还特别强烈。有一段时间，我经常想念他，想他的面容，想他的表情，想他的某一个侧面，做梦也曾梦见过他，想他的时候，心里会刺痛。这就是证明。但我从来没想过其他的事，您明白我的意思吗？不过，有几次，我倒是梦见了他拥抱我，抱得紧紧的，都不能呼吸了。有一次，还梦见他从身后抱住了我，非常地突然……不过，在现实的生活中，我们其实是没有多少交往的，比如在剧组的那段时间，我只是在一边悄悄地看着他，并一厢情愿地觉得他心里苦，觉得他可怜……

我问她：那么，你能不能说说，在你的感觉里，他对你是一种什么样的态度呢？或者说，你觉得他是不是很喜欢你？（这是我临时想起来的问题。）

她回答：这个我无法确切地回答。我能够感觉到的是，他对我，也包括对其他人，一直都是很友好的，待人很和气，特别有礼貌，从来也不发脾气，连说话都是很小声儿的。又能感觉到他的真诚，是通过眼神儿就能感觉到的那种真诚，不是故意让你能感觉出来的真诚。除此还有慈爱，是对所有人的慈爱，当然也包括我，他就像一个长辈，在看着他的孩子。我是后来才知道的，他是没有孩子的（这里有长时间的停顿）……

我的第六个问题是：你现在还会常常想起拍戏期间的事情吗？比如一些细节，心里有什么感受？

她回答：偶尔会想起来，心里会有一丝怅怅然的感觉，觉得有点儿失落。对我来说，毕竟那段日子是非常特别的。当然我当时年纪小，很多东西没有注意到，也没往心里去，印象都不深了。

我的第七个问题是：你对孟千夫的总体评价是怎样的？你认为他是一个什么样的人？

她回答：我觉得，孟老师首先是一个心地干净的人，是一个善良有爱的人，是一个外表谦和但内心高贵的人，是一个值得信任和托付的人。他又是一位有灵性、有思考、有良知的好演员。直到现在，我也非常想念他，常常会梦见他，有一段时间，我确实朦朦胧胧地想过要嫁给他，然后去照顾他、爱护他、保护他……

我的第八个问题是：你是什么时候知道他的死讯的？你当时有什么感想？

她回答：我在报纸上看到了他自杀的消息。说实话，我当时特别特别震惊。我完全不敢相信这是真的。我大脑顿时一片空白。我是慢慢、慢慢才意识到了所发生的事情。我心里立刻一阵刺痛，痛得都不敢呼吸了。之后我开始流眼泪。然而我并没有哭出声音。我一边流泪一边想，今后再也见不到他了。隔一会儿我又想，今后再也见不到他了……

说着，她突然哽咽了一下，随即住了口。隔了几秒钟，才又听见她声音很轻地说：哦，不好意思……对不起、对不起、对不起……再见……

之后她匆匆关掉了语音。

我，当然相信她所说的！

写在新片《努力生活》开拍之前——

××年5月7日

转眼又是一年。

这是今年开工的第一部片子,内容跟疫情有关。

准确一点儿说,这是一部以"某次"疫情为背景的影片。并且,这部影片是根据一个真实的事件改编的。

个人认为,此片构思极好,不仅有内涵,也有非常不错的艺术感觉。在读剧本时,我就被打动了,曾几次流泪。当中不仅仅是感动,还有深深的同情,还有内心的沉重,还有自我的追问和思考。在跟导演通电话的时候我对他说:这个剧本刺痛了我!

影片的主要故事是:世界爆发了某种危害人类的严重疫情,并在各国肆虐。国家已采取了严格防控的措施。在这种情况下,仍然不时出现小规模感染的现象。感染原因多半是从外地来了一个疫情病毒的携带者,在本人不知情的情况下,与本地的某些人发生了接触。接触方式或一同参加某个活动并在同一空间停留过(如开会、上课、观影、观剧、婚庆、丧葬),或共同使用过同一班次的交通工具(如飞机、火车、轮船、公交车),或在同一餐馆用过餐等。通过种种接触,病毒就会被传播。或者说,凡是与病毒接触过的人,就会被感染。

这部影片所表现的,就是于某年某月某日,从甲市(一座中等城市)到乙市(另一座中等城市)来了一个病毒携带者。这是一名在外乡工作的28岁的女青年,她回乙市的目的是参加她一位同学加闺蜜的婚礼（影片就是从婚礼现场开始的）。不料婚礼之后她被检出了核酸阳性，于是马上启动排查。排查从出现在婚礼现场的人开始，他们属于密接者（密切接触者）。然后再进一步，排查与密接者接触过的人。因此，排查的过程，亦成了范围不断扩大的过程。特别需要说明的是，这位病毒携带者的闺蜜，包括她的新婚丈夫，都是在肉菜市场摆摊卖蔬菜的摊主，故参加婚礼的人，也多半是肉菜市场的从业人员。

影片即以排查为线索，表现了几个人物的日常生活。尤其表现了他们的勤劳、努力、刻苦、坚韧、艰辛、隐忍、平凡、简单、忙碌、承担、挣扎、委屈、苦痛、梦想、不堕。他们有男有女，有老有少，他们都是普通老百姓，都是所谓的底层人士。他们做着人世间最辛苦、最劳累、最琐碎、最脏乱、最危险、最卑微的工作，因为他们没有别的本事，诸如骗人的本事、偷奸耍滑的本事。由于种种原因，他们没有读过很多书，没有更多的知识，没有更多的见识，也没有更多的机会，可能也没有更多的想法。他们当然希望过上更好的生活，却常常倾尽了全力，只能求个温饱（或许稍有盈余）。说起来可怕，由于种种原因，多年以来，我已经不是很了解、很知道普通老百姓的真实生活了。因为我的生活疆域，已经与他们划分了界限。在我的内心深处，也很少或者基本上不考虑、不思考他们的事情了。况且由于我听惯了各方面的宣传，内心早已觉得全社会都已经进入了富裕阶层，家家有存款，人人开好车，户户住高楼，并且一到假期就全家出去旅游，搞得每个景点都人满为患，不仅要在国内耍，还要到东西欧、南北欧、新马泰、印日韩、大洋彼岸去耍，逢年过节，还家家户户都要到高级饭店去吃大餐、吃海鲜、吃满汉全席、吃粤菜、吃鲁菜、吃淮扬菜。说实话，在我的头脑和观念里，早就不认为现在社会上还有什么穷人了。

从剧本看，此部影片是以一种多线索平行推进的方式（或称多线索并行发展）进行结构的，重点表现了几个人物在某一段特定时间内的生活轨迹，同时表现他们的家庭状况、经济状况、社会关系、情感生活、私生活等方方面面。在跟导演交流时，导演表示，他在这部影片中将更多采用纪录片的表达方式，会更多使用长镜头，目的是要营造一种客观、真实、平实、朴素之感，不追求壮阔、大气、震撼、华丽、炫目、高级等，所希求的乃是实现一种揭示性现实意义。

影片具体表现了这样几个人物：

一位在肉菜市场大门外开馄饨店的中年男子（婚礼参加者，一同被感染的还有他爱人在内的两名馄饨店员工及家人）；

一位个体货车中青年司机（次日中午在馄饨店吃过馄饨）；

一位在肉菜市场卖菜的阿姨（婚礼参加者）；

一位五金店的小老板（当天在卖菜阿姨的菜摊买过菜）；

一位外卖小哥（在馄饨店吃过馄饨）；

一位足疗店的女青年（当天在卖菜阿姨的菜摊买过菜）；

一位青年网络写手（当天叫过外卖）。

我将要扮演的，是那位中年货车司机（顺便说一个插曲。

在我读过剧本后，导演曾经征求过我的意见，他表示：在上述这组人物里，我可以在两个人物之间任选其一作为角色，一是馄饨店的老板，一是个体货车司机。他还跟我说，在他的想象中，扮演馄饨店的老板可能更适合我，认为我俩气质更贴。"不过谁知道呢，也许以你的气质来扮演一个货车司机反倒更加特别。"这是导演的原话。在考虑了三秒钟之后，我最终选择了扮演货车司机。原因很简单，我内心更喜欢他，比方说，喜欢他少言寡语、踏实做事、神情木讷，喜欢他不辞辛劳、养家糊口、一心一意）。

下面就来说说这个人物：

他叫沈志强，现年五十岁上下（在四十九岁至五十一岁之间），家有五口人（母亲、妻子、一个残疾的儿子、一个读初中的女儿）。他家住在郊区（近郊），是一间租来的平房，有个小院落，可以停车，干净整洁。他的全部生产工具就是一辆中型货车。他还是本市"货运联盟"的成员。他本人则相当注意仪表，毫无邋遢之相，总是保持衣着干净、得体，开始干活儿的时候会立刻换上工装。

以上算是他的基本情况。

另：导演设想，沈志强的家庭成员将全部在外景地物色"群演"来担任。

至于沈志强的故事，则是从馄饨店开始讲起，直到确诊后被隔离才结束的，具体来说就是从前一天的午饭时间开始，到第二天傍晚为止。为什么要这么长时间呢？那是要排查他有没有把病毒传染给别人。包括他在这段时间都到过哪儿、去做什么事、都接触了什么人。剧本采用了追踪的方式来表现他的故事。

在准备角色的过程中（说来我一直特别在意这个过程的），我为沈志强在将近一天半时间内的活动轨迹，含他所到之处及所做的事情，拉了一个清单。见下：

×年×月×日（第一日）

13时15分——13时35分（约），在本市××区隆庆二街隆庆肉菜市场旁"幸福馄饨店"用餐（在此受到感染），餐后自驾中型货车前往本市××区安泰大街桥头家具城；

14时20分许——15时10分，在桥头家具城东门外协助装货，货物为办公桌椅及橱柜等，其间接触客户庄××及两名装卸工人盛×、钱××，与庄××握手并交谈，全程佩戴口罩；

15时40分——16时05分，在××区上塘西街××号乐高写字楼正门前卸货，未与其他人接触；

16时40分，驾车到本市××区交通街建材大市场货场，与客户金××及装卸工人李××一起装载水泥，全程佩戴口罩；

17时20分——18时50分，驾车至本市下辖兴隆镇小溪流村卸货；

19时许—20时20分许,独自驾车返家之后晚餐、与家人一起聊天、商议事情、看电视……当晚未外出。

×年×月×日(第二日)

07时15分许,早餐后驾车离家后前往本市××区丰收大街农资市场装载货物(货物为一批猪饲料),接触货主姜××(住本市下辖跃进乡小北谷一村)及同村村民陆××,全程佩戴口罩;

08时30分许,驾车前往本市下辖跃进乡小北谷一村,途中未停车;

09时30分—10时许,在跃进乡小北谷一村卸货,之后返市区;

11时许,到达××区大新街水仙花制衣厂装载货物(货物是红光中学新学年初、高中新生校服),接触红光中学教工白××、车××、衾××,全程佩戴口罩;

11时30分—11时50分,在光明街红光中学后门等卸货,全程佩戴口罩;

11时50分—12时10分,驾车离开红光中学,在光明街与前进街交叉路口(即转弯处)的六六顺面馆用餐;

12时10分—13时05分,在驾驶室休息(这期间发生了一件事:在12时50分许,一名"交警"执勤人员彭××驾驶摩托车巡逻至此，认为他违规停车，于是上前执法，随即双方发生激烈争吵，后来又央求，并因此导致"交警"执勤人员彭××受到感染，而他最终被罚款50元，扣二分）；

13时06分，驾车前往本市下辖强国乡打鼓村运稻谷（一面开车一面流泪）；

14时许，接本市疫情防控中心电话，要求即刻前往××区江山街××号核酸检测点做核酸检测；

15时10分，驾车到江山街××号核酸检测点做核酸，被留置，其听到宣布留置的通知后，突然崩溃大哭……

以上就是我根据这个人物在将近两天的时间内的活动轨迹所整理出来的一份清单。通过这份清单我们可以看出，几乎一整天，他都在做事。他就像一只陀螺，在不停地转（还要受委屈）。他真的是十分忙碌，十分辛苦。其中最刺痛我的便是，在他前往强国乡打鼓村运稻谷的途中与疫情防控中心通电话的那场戏，这也是这个人物在整部影片中说话最多的一场戏。同时，这也是这个人物情绪最为丰富、最有层次，因此最难拿捏的一场戏，表演时需要极好的分寸感。

我看还是把这个片段直接抄录下来吧。

如下：

驾驶室内。

沈志强在开车。

可以看出,他的心情已渐渐平复下来,脸上的表情正在恢复常态。恰在这时,放在身边的手机突然响起来。他很快拿起了手机,放在耳畔。

沈志强:(平和地)喂,你好!

手机话筒语音:(冷静并清晰地,男女声均可)请问你是沈志强吗?

沈志强:噢!我是的……

手机话筒语音:(仍然冷静并清晰地)我这里是疫情防控中心。有一个问题你要如实回答……

沈志强:(明显惊讶了一下)……

手机话筒语音:(未等沈志强说话)我们通过行程码查到你昨天中午一点十五分曾来到隆庆二街的"幸福馄饨店"用餐,是这样吗?

沈志强:就市场边上那家吧?嗯,是的。

手机话筒语音:这样的话,需要你立刻前往××区江山街××号的核酸检测点做核酸检测。

沈志强:(有点儿紧张地)是吗?那……最迟几点到?

手机话筒语音:要求你立刻前往!

沈志强:(停顿了一下)呃……我正在去强国乡的路上,要给人拉一批货……强国乡你知道吧?我迟一点儿去做检测行不行呢？

　　手机话筒语音：（冷硬地）哦，那不行！要马上！马上哦！

　　沈志强：（急切地）同志你看，我已经收了人家的运费了……

　　手机话筒语音：不要跟我说这些，运费的事跟我们无关。我只提醒你，这是关系到广大人民群众包括你本人生命财产安全的大事，也关系到本地政府防、抗疫工作的大局，还关系到国家有关防、抗疫工作指示精神的落实，一旦出现什么问题，你是要承担法律责任的……你自己掂量掂量吧！

　　沈志强：（又急又怕，几乎要哭了）那好那好……我回来……我现在就回来……好不好？

　　沈志强一边说话一边放下手机，同时降低车速，转动着方向盘，调转了车头，朝过来的方向驶去。

　　又过了几秒钟，沈志强再次拿起手机，拨了一个号码。

　　沈志强：（尽量平静地）喂，你好……我是"货联"的成员沈志强……我这边有一个紧急情况需要协商……

好了，就抄这些吧（此处无标点。编者注。）
后边的情节是：经过协商，他推掉了这次运稻谷的活儿，但向"货运联盟"平台支付了违约金。之后他返回了市区,并在指定的检测点做了核酸检测。但在他检测过后准备离开时,却被一名戴着袖标的工作人员拦住了,说:"哦!先生,您暂时还不能离开,要等出了结果您才能走……"

他当然没什么可说的,只能等。于是他默默地走到一边,靠着一面墙的墙根儿蹲下来,双眼木然地看着前方,接着便突然开始哭泣(哭的时候捂住了脸),并且慢慢地哭出了声儿,并且哭声越来越大、越来越大,最终变成了一片号啕……在他的哭声里,该有多少辛酸、多少委屈啊!我这样想。

××年5月9日

影片将于5月20日开机。

我已于昨天进组,现下榻在安徽省某市。此后一段时间(我想至少要两个月吧),我大概会一直住在这里。

导演说,美工组和道具组(以及服装组)已经先期进入了工作。

今天我没什么事,又读了一遍剧本,并根据剧本整理出了剧本中另外两个人物的活动轨迹,一个是在肉菜市场大门外开馄饨店的中年男子(即"幸福馄饨店"的老板),一个是在肉菜市场卖菜的阿姨。没别的意思,做一个参照吧。

先来看"幸福馄饨店"的老板。

见下:

×年×月×日（第一日）

18时—19时30分许，在本市××区东阳大道236号百年好饭店参加婚宴（受到感染），婚宴未结束返回隆庆肉菜市场旁的"幸福馄饨店"；

19时50分—21时30分，在"幸福馄饨店"；

22时10分，与爱人返回位于本市××区庆丰街18号二单元7楼703室家中，之后在家未外出；

×年×月×日（第二日）

04时50分许，一人前往"幸福馄饨店"，与在店内住宿的员工（一名青年男子）一同准备并售卖早餐；

08时30分许—9时30分，俟爱人来店后，去隆庆肉菜市场采购肉菜；

09时30分—13时50分，在"幸福馄饨店"；

13时50分—14时20分许，去本市××区先锋街21号好易购超市购买面粉（骑三轮车前往）；

14时20分—19时10分，在"幸福馄饨店"；

19时10分—19时20分，去隆庆二街97号的诚意食杂店帮顾客购买香烟；

19时20分—21时20分许，在"幸福馄饨店"；

22时许，与爱人返回庆丰街家中，之后在家未外出。

现在再来看一下在肉菜市场卖菜的那位阿姨的活动轨迹。在剧本中，此人现年55岁，虽相貌平常，却身体健康，也朴实能干，还性格开朗，并且做事十分麻利，眼疾手快（按剧本所写，在影片的开始部分，也就是在参加婚宴的那场戏里，就有了对她的展现，算是做了个铺垫吧）。

根据剧本的描述，她基本上都是每天凌晨3点钟（最迟不超过4点钟）就要离开家，先要花上一小时左右的时间去批发市场进货，然后再到自己的摊位营业，之后便要一整天都在摊位上忙，要一直忙到晚上8点，才能收摊回家。除非有特殊情况，一日三餐，也基本上全部在外面吃（她在摊位放了一只电磁炉，可以煮面，也可以炒菜）。当然，若偶尔有了什么急事，比如去药店买药等，她也会抽空出去处理一下。

以下是她一晚两天的活动轨迹：

×年×月×日（第一日）

18时—19时30分许，在本市××区东阳大道236号百年好饭店参加婚宴（受到感染），婚宴未结束即离开饭店返回家中（本市××区小新桥街215号金桂花苑小区三单元8楼802室），之后在家未外出。

×年×月×日（第二日）

03时05分许，离家前往本市××区强盛街的强

盛批发市场;

05时15分——14时20分,在隆庆肉菜市场;

14时40分——14时50分,在本市××区百业街135号仁爱大药房购买药品;

15时10分——20时05分,在隆庆肉菜市场;

20时25分,返回××区小新桥街215号金桂花苑小区三单元8楼802室家中,之后在家未外出。

×年×月×日(第三日)

03时10分,离家前往××区强盛街的强盛批发市场;

05时20分——15时25分,在隆庆肉菜市场;

15时40分——16时10分,在本市××区先锋街21号好易购超市购买盐、蚝油、胡椒粉、香辣酱等;

16时25分——20时10分,隆庆肉菜市场;

20时30分,返回小新桥街215号金桂花苑小区三单元8楼802室家中,之后在家未外出。

在梳理了剧本中几个人物的活动轨迹之后,我陷入了深思。我确实不愿意相信,这就是普通人的日常生活。说实话,我是在读过剧本之后才发现了(或者注意到),当下还有如此辛劳并且努力的人。他们的生活不仅令我吃惊,也确实令我痛心了(就像我在前面写过的,我已经不甚了解当下的生活的真相了)！当然我一时还说不清楚，他们的生活为什么会是这个样子的，又是怎样变成这个样子的，他们为什么不选择去过另外一种生活，那种富足的、体面的、轻松的、闲适的、优雅并且美好的生活……

关于影片的结尾

影片的结尾是一场葬礼。逝者是沈志强的母亲。不过，这已经是几天之后的事情了。此之前，沈志强一直在医院接受治疗。到这会儿，他被治愈了，走出了医院。跟他一起治愈出院的还有家里的其他人——他的老婆、他的儿女。他知道，他们都是因为他才染病的，包括他的母亲。不过，他们都挺过来了，母亲却没能挺过来。所以，他从内心觉得，母亲是因他而死的，是他害死了母亲。并且，在母亲离世的那一刻，由于特殊的原因，他甚至不在母亲跟前，也就是说，他连母亲的最后一面都没有见到。所以，此时此刻，他的心情格外悲伤，也格外沉重。加上他刚刚病愈，身体十分虚弱，走路还有一点儿摇晃。

葬礼的场面很冷清。同样因为特殊的原因，除了他和他的家人，没有其他人来参加葬礼，没有亲戚，也没有朋友，没有其他任何人。他甚至都没有通知他们。剧本提示，在整个葬礼的过程中，沈志强没流一滴眼泪，也没有说过一句话，始终处于恍惚和麻木的状态（个人觉得：这个状态很贴、很对）。反倒是他的老婆和儿女，一直在悲伤地哭泣。特别是他的残疾儿子，简直悲痛欲绝，哭得特别伤心……

不用说，这是一个非常好的结尾，甚至可以说，因为有了这个结尾，感觉整个影片才算完整了。

另外，导演跟我讲，这是一部没有情节也没有主角的影片，每个人物都是主角，区别仅仅在于：有的人物故事多些，有的人物故事少些。

好了，就写这么多。

《没有幸存者》——

9月30日

刚接了一部戏。我曾经犹豫要不要参与。昨天导演叫人把剧本送来了。从他以往的作品看，此兄还是有想法的。应该说，这个剧本也是有想法的。不过，因为现在剧本还没有全部读完（已读了四分之三），所以还不敢断言。以目前所看过的部分来说，这是一部兼有动作和心理阐释的作品，剧情相当紧张，也很吸引人。

跟前一个电影（即《努力生活》）一样，这也是一部根据真实事件改编的影片。而且，那个事件曾经非常轰动，一度产生了爆炸性的影响。那是一次人为的车祸，就发生在刚刚过去的20××年。

事件发生在长江沿岸某省，一辆行驶在长江大桥上的公交车突然冲过中心线，进而又冲破桥栏，坠入江中，造成了包括司机在内的十几人（15人）死亡。而酿成事故的原因，又连续几次反转。最早曝光的原因是一女性小轿车车主驾车逆行，公交车为避让小轿车所致。接着又说系公交车在行驶中突然越过中心实线，在撞击了对向正常行驶的小轿车后冲上路沿，撞断护栏，坠入江中。最后公交车被打捞出水，经查看车载视频，才使事件真相浮出水面，事故原因乃乘客与驾驶员发生争执并互殴所致。

据后续消息（当时，各大新闻网站均公布了事故发生前车内的视频以及桥面的监控视频），事发是因为一名女乘客刘某，她由于个人原因错过了应该下车的车站，于是来到驾驶员旁边，要求为其临时停车，但因该处无停车站点，故遭驾驶员冉某拒绝。刘某恼怒，便与驾驶员理论，进而吵骂，进而争执，进而互殴（眼见刘某用手机打到了驾驶员的脸），而且时间长达五分钟……直至公交车向里一斜，先是撞到了一辆迎面驶来的小汽车，之后疯狂地冲上桥左侧的路肩，又在转瞬间冲破桥栏，一头栽进了江里。

当时的情况是：在最新的消息（含视频）发布后，立刻在社会上引起巨大反响，网上的留言亦铺天盖地。其中有骂人的，有谴责的，有讽刺挖苦的，有分析和反思造成这次事故的深层次根源的。骂人又分为骂乘客刘某，骂驾驶员冉某，以及骂除刘某和冉某之外的其他乘客的。骂刘某的骂她是个泼妇，是个人渣，是个变态，平时一定骄横惯了，家里外头不让人，气势汹汹，认为"这种人就是该死，可惜殃及了他人"！骂驾驶员的则骂他不够大度，"好男不跟女斗！你一个大老爷们，打就让她打呗，忍一忍不就没事了……"

那些骂"其他乘客"的人，则说：在乘客刘某和驾驶员冉某发生争执时，其他乘客都在干什么？为什么没有人出来阻止、劝解、把双方拉开？这样悲剧也许就不会发生了。另外还有人说：也许这就是我们中国人的宿命吧！一个个在那儿装聋作哑，麻木不仁，遇到事情首先衡量自己会得到什么，失去什么，盘算来，盘算去，在大事情上糊涂，小事情上精明，没有正义感，也没有真正的信仰，特别迷信权力，见到强人就点头哈腰,不肯(敢)为道义出头,宁愿做看客,还总是心存侥幸,以为不会轮到自己,不砸到自己头上不觉醒(砸到了也不觉醒)——所以,结果必定是:没有一个幸存者!

顺便说一句:实际上,在事件发生之初,我就关注了这件事(那会儿还不知道要拍电影),而且留了言。至于留言的内容,这里就不说了。

以上所说,乃是这个事件的基本情况。

电影就是在这次事件的基础上改编而成的(而且改动比较大)。

10月2日

今天终于读完了剧本。

就像我在前边说过的,剧情确实很紧张,越到后边越紧张。而且相当有深度,把重点放在了剖析人性上。另外还有一些若隐若现的寓意,似乎在讲一个很大的道理,甚至是关乎到未来的,这个就更加难得。个人认为,改编无疑是成功的。当然还有其他一些较有特色之处,比如它的一些表现形式,也是很值得称道的(这让我想起了前几年看过的一部外国电影《罗拉快跑》)。

概括起来,此片在表现形式上(或表现手法,或艺术手法)主要有这样两个方面的特点:

一个是剧本仍然把这次事件当作基本框架,但内容的重心则放在了刻画、塑造和表现人物上,力图更加充分、更加细致地表达和揭示人物的内心世界,并借鉴了心理分析的方法。所表现的内容(或所做的剖析)涉及了人物的心理、性格、业余爱好、有无明显怪癖、生活和饮食习惯(是否吸烟饮酒,以及是否爱吃辛辣、酸苦的食物),另外包括潜意识和下意识等等。总之,涉及了方方面面。

剖析涉及每一个当事人,包括驾驶员、女乘客,乃至车上所有的乘客。

比如对那个女乘客(她属于事件的核心人物,是需要重点表现和剖析的),是表现(或剖析)她为什么会如此暴力和暴躁、如此蛮不讲理,家庭出身怎样,学历有多高,目前家庭生活是否和谐,跟同事的关系好不好,在单位(或私企)属于什么阶层,最近有没有遇到什么烦心事(包括情感方面、经济方面、工作方面、人际关系方面)……

还有那个驾驶员(拟由我扮演)。所涉问题与前者差不多(但由于性别的原因,会另有一些侧重点)。

当然,在其他乘客当中(除那位女乘客之外,车祸发生时,全车男女乘客共13人),也选择了几男几女作为刻画和剖析的对象(文艺理论上有一个词叫"典型化",说的就是这个意思)。简单来说,就是要尽量搞清楚,当时他们为什么没有一个人站出来做点儿什么,为什么这些人会如此地无动于衷。是麻木,还是冷漠?其中更深层次的心理原因是什么?

第二是采用了现实与闪回相交织的手法(两条线索并行),

去表现、刻画、剖析人物（每一个涉及的人物）。而且是不停地闪回，反反复复地闪回，一次一次地闪回。通过闪回的方式进入人物的日常生活，表现他们的个人生活、家庭生活、行为举止，并用一个一个细节来展示他们在生活中的样貌、状态，刻画他们的性格，包括爱读什么书，爱看哪类电视和电影，爱听何种风格的音乐（古典的、现代的、抒情的、摇滚的），还有，此前曾经遇到过什么人什么事（当然是重要的人和事）……

而前文所说"现实"（准确说应该是"现在时"或"现时空"），所指即是这辆行驶中的公交车。也就是说，公交车变成了一个移动的舞台。影片还将整个故事的起始点设定在了驾驶员打开车门，登上汽车，坐在驾驶座位上发动了汽车，公交车缓缓驶出车场的这一刻上。之后便是不停地开车停车、开门关门（在车门开关之际，不断地有乘客上了车，同时也有乘客下了车），如此直至驾驶员与乘客发生了冲突，最后公交车坠入江中……

明白我要表述的意思了吧？

……

读完剧本后，我又考虑了两天，才答应跟他们签约。

据我判断，这个片子的票房也不会好。回头想想，最近几年我参与的电影票房都比较一般。忘记了从什么时候开始的，人们在评价一部电影时已经把票房放到了第一位（评价演员也是如此，动不动就是"某某成为个人成绩高达 100 亿电影人"）。也就是说，现在是"票房为王"的时代了。看来我是不行了,只能甘拜下风。把我所参演的所有电影票房加起来,也没有一部"大片"多。当然这是没办法的事。老实说,我也知道原因在哪里。这是我个人的悲哀吗?我不这样看。人都说,种瓜得瓜,种豆得豆,种卑微得渺小,种深刻得孤独,种思想得精神。我一直认为,电影也好,小说也罢,还是不能忽视思想内涵的。那些花里胡哨、没有思想、没有内涵、溜须舔腚、乱煽情、硬搞笑的作品,我看都不想看呢。然而可悲的是,这样的作品不仅多,还那么受欢迎,而这恰恰都是观众自己的选择——这倒是值得我们思考一下的。

我这是泛酸吗?非也!

……

至于这部《没有幸存者》,我认为还是很有内涵的,也是可以引人思考的。它起码会让你想一下:这辆跌落到桥下的公交车,它的真正的原因到底是什么?

以及,它的跌落是偶然还是必然?这种跌落是否可以阻止?靠什么来阻止?

另外,当一个大的悲剧发生时,我们果然能够置身事外吗?最后会不会轮到我们自己呢?(因为长期以来,由于种种原因,熏陶啊、教育啊、影响啊,人们已经习惯了在遇到一件事情时,采取一种消极的态度来应对,首先想到的就是保全自己,缺乏公义感、正义感、同理心、勇气,装聋作哑,自私自利,坐视不管。)

最最关键的一点是:大家都在一辆车上呢!

可能有些人想得还会更加深入，会想到一些更加形而上的问题，想到国家、民族、历朝历代啊等等。

所以导演说，这是一部具有象征主义风格的电影。

我同意他的观点。

我清楚地记得，曾经写出了《阿Q正传》《孔乙己》《祝福》《在酒楼上》《故事新编》和《野草》的，在我心目中堪称伟大的鲁迅先生，在他的一篇文章里写过这样一句既富诗意又富哲理的话，即"……无穷的远方，无数的人们，都与我有关……"

按照我个人比较肤浅的理解，鲁迅先生显然是想告诉人们，作为同一时代的人，今天发生在别人身上的事情，说不定哪天就会发生在我们自己身上。因为，就算我们不在同一条船上（或在同一辆车上），也大概率会在同一场风暴里面，所以，只有携起手来，共同抵御，才会众生平安，才有美好未来。

而在另外一篇文章里，鲁迅又生动地描绘了这样一个景象或一幅图景："楼下一个男人病得要死，那间壁的一家唱着留声机；对面的弄孩子。楼上有两人在狂笑；还有打牌声。河中的船上有女人哭着她死去的母亲……"

——想想真是可怕啊！

另外，有一位17世纪的英国玄学诗人约翰·唐恩写过一首非常有名、流传甚广并至今还在被人传诵的诗。

他是这样写的：

没有谁能像一座孤岛
在大海里独踞
孑然孤立
每个人都像一块小小的泥土
连接成整个陆地

如果有一块泥土被海水冲击
欧洲就会失去一角
这如同一座山岬
也如同你的朋友和你自己
无论谁死了
都是你自己的一部分在死去

因为我们都包含在人类这个概念里
任何人的死亡都使我受到损失
因此我从不问
丧钟为谁而鸣?
它是为我,也是为你

  值得一说的是,美国有一位极富传奇色彩的大作家欧内斯特·海明威,他曾经写过一篇非常有名、非常牛×的小说《老人与海》,并因为这篇小说获得了诺贝尔文学奖,还在写作上创造了一个"冰山理论"。另外,他还参加了前后两次世界大战并在"一战"中身负重伤，之后又参加了西班牙内战，战争结束后，还根据这段亲身经历创作了一本长篇小说《丧钟为谁而鸣》（当然，我读过这本书，写得相当棒），书名就来自唐恩的这首伟大的诗。

还有，忘记了是在哪一本书里，我似乎还读到过这样一段话，也觉得特别有启示，原话已记不太清了，大概意思是：那会儿在德国，起初，他们（指纳粹）要追杀某些人，我觉得不关我事，就没有站出来说话；接着，他们又要追杀某些人，我仍然认为跟我关系不大，所以还是没有站出来说话；现在，他们终于要来追杀我了，这时会有人勇敢地站出来，高声为我说话吗？

会吗？

会吗？

会吗？

这意思就是：请你千万不要暗存侥幸心理，以为自己会成为众人中的例外，以为自己会逃脱魔爪。跟你说千万千万不要这样想，因为每个人都有份儿，最后一定会轮到你。谁也甭想逃掉，甭想独善其身！

……

哦，对了，刚刚（就在十分钟前）接到制片主任的电话，此片将在11月28日开拍，外景地初定武汉。

12月27日

片子拍摄过半了。

这几天出奇地冷。湿冷。

连出门都打怵。

一出酒店的门,冷风就往怀里钻。

特别是握在方向盘上的手,冻得关节活生生地痛!

这几天总是阴沉沉的。

好像连续一个多星期没见到太阳了。

南方的天气就是这样,特别是这个季节,多阴少晴是常态化。

我真希望这部片子快点儿杀青。

说句心里话,我曾经扮演过那么多角色,只有这个人物让我特别纠结。

我担心我会把这个角色演砸了。

最大的问题是,我无法把握他的心理!

我不知道我是应该同情他,还是鄙视他,还是批判他。

从严格的意义上说,他也是受害者。

同时,他也是悲剧的制造者。

当然,他只是一个小人物。胸无大志(也许曾经有过,也许从来就没有)。上班挣一份钱。有一部数字手机。看到和听到了一些朝鲜、古巴、越南、委内瑞拉、津巴布韦、柬埔寨、欧盟、中东、英国、法国、美国、捷克、波兰、菲律宾、缅甸、韩国、日本、俄罗斯、伊朗的事儿，实际上了解得并不多，主要是觉得没必要了解那么多，没有用。也常常从电视上看到(或偶尔听人讲起) 商纣王、姜子牙、周文王、郑庄公、孙膑、秦始皇、刘邦、楚霸王、唐太宗、宋徽宗、关羽、张飞、刘备、崇祯、慈禧太后，也知道一点儿他们的情况，不过对他来说，这就是一些名字而已，不存在任何的意义。下班后会斜倚在沙发上随便看看电视（至于什么节目却无所谓）。下班的路上会想一想今天吃点儿啥……

大概就这些了吧？

肯定还有，不过我一时想不出来了。

总而言之，我觉得我确确实实还不能够准确地理解和把握这个人物。

我感觉，我的表演突然没有了心理依据，如此也就没有了根基。

所以，我越来越怀疑：我是一个好演员吗？

他们说我这段时间常常一个人在那儿发呆。

这个我倒没注意到。

12月28日

昨晚我失眠了。

都很长时间了，我差不多每天失眠。

- "晚上总是睡不着。凡事须得研究，才会明白。"

——这话是谁说的?

● "黑漆漆的,不知是日是夜。赵家的狗又叫起来了。"

——还有这一句。

不知为啥,最近我很容易疲劳,偶尔还偏头痛、关节痛、腰痛、后背痛、眼眶痛、脚趾痛、坐骨神经痛……

● "可是,突然间,回忆出现了。这个味道正是那一块小玛德兰点心的味道……"

——这话又是谁说的?

确实,我这段时间一直在回忆……

● "幸福的家庭家家相似,不幸的家庭各个不同。"

——这话我倒记得清楚:这是老托尔斯泰说的。

有人说,人的头脑是个宝藏,里面珍藏着海量的信息,你可以尽情挖掘,包括记忆,只要你足够用力,都可以回想起来。

● "翠翠在风日里长养着,把皮肤变得黑黑的,触目为青山绿水,一对眸子清明如水晶,自然既长养她且教育她。"

——你是不是一下子就看出来了,这是沈从文写的。关于沈从文,有一件事我是过了很久才知道的,就是:他曾经自杀过,而且是两次,一次是想触电而死,一次用剃刀割喉、切腕,但是都没有死成。

● "叶果鲁西卡的眼眶里含满泪水,没看见舅舅和赫利斯托佛尔神甫怎样走出去。"

——我想起来了,这是契诃夫的《草原》里的句子;叶果鲁西卡,一个9岁的男孩。哦,叶果鲁西卡,你是我心中永远的叶果鲁西卡哦!

有一句话这样说:你一会儿明白,一会儿糊涂。

我觉得,我眼下就是这个样子。

● "一天早晨,格里高尔·萨姆沙从不安的睡梦中醒来,发现自己躺在床上变成了一只巨大的甲虫。"

——这是卡夫卡的《变形记》里的句子。

● "他是个独自在湾流里一只小船上打鱼的老头,他到那儿接连去了八十四天,一条鱼也没捉到。"

——对了,那老头儿名叫桑提亚哥。还有一个孩子经常跟他在一块儿。那孩子很爱他。孩子每天看见他划着空荡荡的小船回来,心里总是非常难过。每次读到老头跟孩子在一起的情节时,我都会流泪,每次都会流泪。

这不奇怪,本来我就是一个爱流泪的人。

● "哦,墙上的斑点!那是一只蜗牛。"

——在想到蜗牛的同时,我还想到了达洛卫夫人,想到了那两本奇书《到灯塔去》和《海浪》。但是,如果我没有看过那部电影《丽影萍踪》,我可能不会读这几本书,可能也完全读不懂。现在我觉得读懂了,或者说,应该读懂了。然而,仅仅读懂它的文字就可以了吗?显然不是的,还要激荡灵魂。是的,激荡灵魂(此处无标点。编者注。)

累了。今天就写到这儿吧(此处无标点。编者注。)

接昨天——

● "他们走着,不停地走,一面唱着《永志不忘》……"

——说起这部作品,我则不仅仅读过原著,还看过根据原著小说改编的电影。而且我必须说,影片中那三个主要人物演得实在太好了,他们的扮演者太好了,他们塑造的三个人物太好了。那个尤里、那个东妮娅、那个拉里莎,他们都太好了!扮演尤里的沙里夫,他是那么帅,又那么潇洒、含蓄、优雅、平和、深邃,作为同行和后来者,他是值得我学习的,毋庸讳言,也是令我羡慕和嫉妒的。

还有朱莉(拉里莎的扮演者)和杰拉丁·卓别林(东妮娅的扮演者),她们的细腻,她们对角色的拿捏,她们情感的真挚……就不用我多说了吧!

哦,大时代背景下的渺小人生!

历史洪流下的一粒沙啊!

当然当然,我们仍然需要守护自己的内心啊!

● "大街的十字路口,有片古董店。路边店旁,立着一尊瓷的观音像。高矮如同十二岁的少女。电车一过,观世音冰冷的肌肤便同玻璃门一起轻轻地颤悠。我每次走过,神经都微微感到痛楚,担心瓷像该不会倒下来吧?"

——这是川端康成的文字。并且,这也是我读到的第一篇川端康成的小说。我一下子就喜欢上了这位日本作家并且牢牢地记住了这一段话,至今都没有忘记。但我说不清楚,是什么东西触动了我，让我有了共鸣。

这篇小说的题目叫《脆弱的器皿》，篇幅极短。那之后，我很快买来了当时能够买到的他的所有翻译成中文的小说，《古都》《雪国》《千只鹤》《伊豆的舞女》《水月》《波千鸟》等等等等，并统统读过了，不同之处是有的读得慢一些，有的读得快一些。

在读小说的同时，我也对川端的身世有了更多的了解，知道他从小就失去了父母，跟爷爷一起生活，不久爷爷又去世了，从此完全成了孤儿。幸好后来考上了大学，并一生与文学为伴。印象最深的是他的死。他是自杀离世的，是在他73岁那一年，他含着一根煤气管，告别了这个世界。

哦！对了，同样是自杀离世的，还有海明威。

还有伍尔夫。

还有（此处无标点。编者注。）

● "每天早晨浏览报纸的人不是看过就忘，便是为当天下午的闲聊找些话题。因此，谁都不记得当时议论纷纷的著名的马内科·乌里亚特和敦坎案件……"

—— 一看这说话的语气，你就知道这话是谁说的了。没错，就是那位博尔赫斯。

● "一天过去了，没碰上不顺心的事，这一天简直可以说是幸福的。"

——实在抱歉！上面这句话，我是真的想不起来谁说的了。我刚在想：要不就把这句话划掉吧？可又一想：算了算了,既然都写上了,还是放在这儿吧,有什么所谓呢?一句话而已,划掉了反倒很不好看。况且,即便划掉了,痕迹也会留在那里的。这就好比世间的事物(记住:是一切事物),只要它曾经存在过,就会留下痕迹,抹不掉的痕迹,即便你我看不到,老天爷也会看得到的。

确确实实,人的头脑就是个宝藏,很多东西就放在那里,任你无限挖掘。但是我发现,并且我早就发现了,人的记忆其实是非常有限的,而且你能记住的,多半是对你有用并有利的东西,而那些对你无用并不利的东西,你则多半忘记了,而这正是你本人的选择(此处无标点。编者注。)

好,不写了,打住吧(此处无标点。编者注。)

12月30日

昨晚,不,应该是前晚,我做了一个梦,在梦里见到了那位当年失踪的小学女同学。对了,她的名字叫杨倩娜,小名叫娜娜。在梦里,她身穿一件浅格子小褂儿和一条蓝裤子(正是她平日常穿的),但是显得特别瘦小。这个梦很长,我感觉做了一整夜。在梦里,我一忽儿是小时候的模样,一忽儿又是现在的样子。梦里的场景也在不断变化,一忽儿,我们在教室里坐着;一忽儿,又在操场上疯跑;一忽儿,又到了街头的某个地方(邮局门口呀、我家附近的十字街呀、民众影剧院呀);一忽儿,还到了飞机的客舱(这就有点儿奇怪了,我从未跟她一起坐过飞机)。在梦里,她依然好看,眼眸依然明亮,脸庞依然清秀、白皙。

在梦里,她时而开心时而生气,时而安静时而叽叽喳喳,并且不停嘴地跟我说话。开心的时候眼睛里汪着满满的笑意,都快从眼角溢出来了,让人想去亲她(我确实产生了这样的念头);生气的时候则嘟着嘴巴一声不吭,并用眼睛使劲儿地瞪我;安静的时候一脸舒展,整个脸孔都透着祥和。在梦里,她仿佛一直在跟我说话,常常是小声儿说,偶尔声音也会大一点儿,偶尔还"哏儿哏儿"地笑一下。到这会儿,我还能想得出来她说话的声音是什么样儿的,就像人们说的那样:仿佛就回响在我的耳边。在她说过的那些话里,有两句话我印象很深,一句是:"哎!孟千夫,我长大以后要到大城市去上班……我想去南京,也想去上海,能去京城就更好了……我觉得你也应该去,你学习成绩这么好……到时候我们一起去……好不好?"还有一句是:"对呀!如今这些地方你不是早就去过了吗?你现在不就是住在京城吗?还买了挺大的房子,还是别墅……瞧你都住上别墅了……可我……"

此时此刻,在我回想她在梦里说过的话时,非常清晰地记起来,她前边的那句话,即"我长大以后"的那句话,那是她在五年级的上学期,还没有失踪之前,跟我说过的话。我同时也想起来,那是那天放学后我们一起往家走,在走到一个街口时——那儿刚好有一根水泥电线杆——她隔着电线杆跟我说了这句话。

而在她的第二句话里,则已经非常明显地把"我"当成了如今的"我"。所以我不由很吃惊并且不解:她是怎么知道我现在住在京城还买了别墅的?

后来我意识到,其实不是她知道,而是"我知道",我自己知道。

这似乎已经有点儿哲学的意味了。

是不是?

说实话我压根儿没有料到,我竟然会梦见她。这也就是说,她——娜娜——杨倩娜,还在我的心里。

其实很多人,一直都在我心里。父母、老师(小学老师、中学老师、大学老师)、朋友们、同学们、导演、编剧、肖沐阳、小皇帝、大正二正、耿绍明……所有人,都在我心里(此处无标点。编者注。)

我还想起来,当年我家的那个讲一口"滴溜圆"的普通话、戴着一副黑框眼镜、待人很和气并很喜欢跟我说话、在四十多岁时突然自杀而死的邻居,他的名字叫张春生(此处无标点。编者注。)

12月31日

不知为啥突然头痛,然而并不发烧,只感觉后脑勺发硬、太阳穴发紧。脑供血不足?睡眠不足?神经性头痛?脑肿瘤?一切皆有可能哦。

好在还能坚持。

吃了两片阿司匹林。

坚持！坚持！坚持！坚持！坚持！

坚持哦（此处无标点。编者注。）

这些天，我在考虑一个比较重要的问题：我要不要离开剧组？

当然，这是一个很费心思的问题，非常之费心思，我不能轻易做出决定。

某一天，我心平气和地想：我还是坚持把这个电影拍完吧，不然就太不够意思了。

我有个预感，这可能是我参拍的最后一部电影了。

人类上下几千年，说来只是一瞬间……

风声雨声读书声，声声入耳……

太阳每天都是新的吗？

居安思危（此处无标点。编者注。）

历史是人民创造的，我是我爸我妈创造的。

突然想起了顾城，当年读了他那么多的诗（此处无标点。编者注。）

那些诗真好啊！

命运不是风，来回吹，

命运是大地，

走到哪你都在命运中……

朗诵他、朗诵他（此处无标点。编者注。）

世界是圆的,人人都可能相遇。

有人说,说谎和沉默是现代人类的两大罪恶。

大路朝天,各走一边。

骨头硬,心肠软。

想过这个问题吗:人活着为了啥?

为了活着?

为了死?

为了爱?

为了劳作?

为了享受?

为了见识?

为了思考?

为了尊严?

为了信仰?

那么,我有信仰吗?

这个问题需要问,应该问,也值得问(此处无标点。编者注。)

是的,人人都要面对自己的内心,必须面对自己的内心,面对赤裸裸的自我(此处无标点。编者注。)

要待人以真!

要待人以诚!!

要待人以善!!!

我知道:凡是来到这个世界的人,都是不愿意离去的,却终将离去,无一例外(此处无标点。编者注。)

编者赘言——

以上就是孟千夫的"手记"。需要说明的是，这些并非全部，余下的大约比现在的一半还要多些。其中有些内容因为涉及了他的相当私密的个人生活（包括家庭和情感生活，包括一些个人习惯），慎重起见，也为了尊重相关人（比如他的前妻和个别朋友）的隐私，我只是选择性地公布了一部分。另外，还有他的读书笔记（当中记录了他当时读过的若干中外文学名著，诗歌、小说、散文、戏剧等均有，含一些当代作家在当年曾经产生过一定影响的作品等，但不多；另有若干哲学、社会科学、名人传记及一些画集等。有感想，有分析，有判断，有赞美，有质疑），但因为与电影的关系不是很大，也没有公布。

我在前边说过，在读了他的手记之后，我曾经搜罗到了几张他参拍的而又能够找到的电影的碟片，主要是他后期的作品，认真地看了。客观地说，他的表演的确是颇可称道的，其中一些角色，演绎得非常传神，非常准确，也非常动人。

另外，在孟千夫自杀后，一些报纸和艺术类刊物上曾经发表了若干篇他在演艺圈的朋友们的回忆他的文章。这些文章我也看到了。从这些文章看，他给人的印象总体上还是好的，是相当正面的。多数人认为他工作努力，非常敬业，爱钻研，特有想法；同时又说他人很朴素，很低调，很真诚，很爱助人。有些人还写到了他的一些生活小事，穿衣戴帽、生活情趣之类，感觉十分真切。

这其中，有人还提供了一个非常重要的信息，说他后来患上了严重的抑郁症。

我认为，这种情况是可能存在的。实际上，这从他的最后一篇手记上已经可以看出部分端倪了。我的感觉是，他当时的情绪已经很不好，不稳定，甚至不耐烦，思维逻辑也不是很清晰，到后来，基本就没什么逻辑了，感觉他就是在那儿自说自话。

有朋友认为，以他的天赋、他的才华、他的刻苦钻研精神、他的敏锐、他的细腻、他的丰富性、他的真诚和真挚，以及他对艺术的极其独到的理解力，他本来还可以取得更大的、更辉煌的、更了不起的成就（当然，这可能并不是他本人想要的）。

可是如今，这一切都不会有了。

惜哉！

惜哉！！

惜哉！！！

记于公元20××年×月×日

本文所涉及的电影故事（包括片名、故事情节、人物设计等），均为作者自撰，不涉及任何版权问题。特此说明。

（完）

图书在版编目（CIP）数据

我是扮演者 / 鲍十著. -- 北京：作家出版社，2023.8
ISBN 978－7－5212－2197－8

Ⅰ.①我… Ⅱ.①鲍… Ⅲ.①长篇小说－中国－当代 Ⅳ.①I247.5

中国国家版本馆 CIP 数据核字（2023）第 029103 号

我是扮演者

作　　者：鲍　十
策划编辑：雷　容
责任编辑：田小爽
封面设计：意匠文化·丁奔亮
出版发行：作家出版社有限公司
社　　址：北京农展馆南里 10 号　　邮　　编：100125
电话传真：86－10－65067186（发行中心及邮购部）
　　　　　86－10－65004079（总编室）
E－mail: zuojia@zuojia.net.cn
http://www.zuojiachubanshe.com
印　　刷：河北鹏润印刷有限公司
成品尺寸：140×203
字　　数：131 千
印　　张：6.75
版　　次：2023 年 8 月第 1 版
印　　次：2023 年 8 月第 1 次印刷
ISBN 978－7－5212－2197－8
定　　价：58.00 元

作家版图书，版权所有，侵权必究。
作家版图书，印装错误可随时退换。